DU MÊME AUTEUR

Aux Éditions Gallimard

L'IRIS SAUVAGE

Du monde entier

LOUISE GLÜCK

NUIT DE FOI ET DE VERTU

ÉDITION BILINGUE

poèmes

Traduit de l'anglais (États-Unis) et présenté par Romain Benini

nrf

GALLIMARD

Titre original :

FAITHFUL AND VIRTUOUS NIGHT

AVANT-PROPOS

Nuit de foi et de vertu est paru aux États-Unis en 2014. Le titre est austère, presque sombre. Et il y a effectivement une forme de dépouillement dans le travail de cette poète qui ne publie que parcimonieusement (une douzaine de courts recueils en plus de cinquante ans). Pourtant la poésie de Louise Glück, tout autant qu'elle est rare, ne cesse d'être accueillante. Chaque lecture est un événement humain. Ses textes créent une impression de rencontre individuelle ; la voix qui les porte est une invitation constante. Ainsi, à l'orée du recueil :

D'abord nous dépouillant des biens de ce monde […]

Pas un *je* mais un *nous* : cette première personne augmentée, quand elle apparaît dans le recueil, représente une communauté indéfinie. Peut-être désigne-t-elle un groupe déjà constitué d'individus ; peut-être inclut-elle tous ceux qui peuvent lire ces mots ; peut-être englobe-t-elle encore ceux qui ne les lisent pas mais qui partagent la même condition. Le titre du poème, « Parabole », laisse penser que cette inclusion à dimensions variables est au cœur même de la parole qui se déploie : quelle que soit l'extension que l'on donne au *nous*, à travers la parole allégorique, il désigne toujours ceux qui auraient pu ne pas y trouver leur place.

La poésie de Louise Glück engage à repenser le *moi*, le monde et la coexistence des êtres, mais chez elle l'invitation ne se joue pas seulement, comme dans l'énonciation à la première personne du pluriel, à travers la mise en scène d'une collectivité. La communauté, comme motif, n'y apparaît que résiduellement, et bien souvent elle est familiale. Page après page, ce sont en fait tous les aspects d'une existence humaine qui sont évoqués, à travers des thèmes et des moyens divers, les textes prenant tour à tour et parfois simultanément une allure biographique, onirique, descriptive, symbolique, anecdotique, etc. L'invitation se trouve, plus profondément que dans les motifs ou les thèmes, dans la simplicité dont l'œuvre ne se départ jamais : simplicité du lexique, dont aucun mot ou presque n'est étranger à la langue commune ; simplicité des tournures syntaxiques, dans laquelle les phrases manifestent le plus souvent un dépouillement stylistique remarquable ; simplicité de la prose dans sa brièveté ; simplicité du travail du vers enfin. Ce vers, presque invisible et dont les limites semblent évidentes parce qu'il coïncide le plus souvent avec des groupements de sens, produit dans bien des cas de véritables fulgurances, à l'occasion de coupures plus surprenantes :

Indeed, dust covered everything; it seemed to me the persistent
haze of nostalgia that protects all relics of childhood.

En effet, la poussière recouvrait tout ; elle me semblait être le voile
tenace de la nostalgie qui protège toutes les reliques de l'enfance.

(« Un jardin d'été »)

À la charnière d'un vers la poussière devient matérialisation du rapport au passé. De l'évocation d'un détail à la prise de conscience de sa valeur psychologique, on voit comment la poésie de Louise Glück est une poésie de l'existence. Dire avec les mots de tous les jours l'expérience quotidienne d'une présence au monde qui résiste perpétuellement à l'expression, voilà peut-être la tâche difficile à laquelle s'est affrontée la poète.

C'est pourquoi le temps est au cœur de son œuvre. Il l'est avant tout, à l'instar de la poussière, comme une réalité vécue, presque matérielle. Son épaisseur est rendue par la mise en présence des différents âges de l'existence. L'enfance est évoquée depuis un âge où elle est perdue et la famille, omniprésente, est figurée comme une rémanence. La « nuit », inscrite dès le titre du recueil, désigne probablement – entre autres choses – la nuit calme d'un âge avancé. Dans de nombreux poèmes elle est l'environnement de la solitude et de la mort. Le temps est cette durée sans limites dans laquelle tout s'inscrit, mais c'est aussi la loi d'une expérience qui a un début et une fin. La durée de toute chose humaine est ainsi résumée :

[...] peut-être, lorsqu'on commence,
n'y a-t-il que des fins.

(« Nuit de foi et de vertu »)

De poèmes comme « My Life Before Dawn » (*Firstborn*, 1968) aux recueils *Vita Nova* (1999) et *The Seven Ages* (2001), la vie est une confrontation au monde et au temps dans ses multiples dimensions. Dans *L'iris sauvage* (*The Wild Iris*, 1992), à une série de poèmes intitulés « Matines » répond une série de « Vêpres » et l'énonciation se joue en quelque sorte dans le cadre d'une journée éternelle. Dans *Nuit de foi et de vertu*, c'est la structure même du livre qui manifeste le temps : les vingt-quatre textes représenteraient chacun une heure, de part et d'autre de « Midnight », « Minuit », dont le titre prend alors tout son sens.

La figure qui parle est mouvante mais un poème la situe

[…] après que je fus entrée
dans cette période de la vie
que les gens préfèrent évoquer à propos des autres
plutôt qu'à propos d'eux-mêmes […]

(« Visiteurs venus d'ailleurs »)

La vieillesse et le temps qui passe ne sauraient priver les textes de légèreté et d'humour. Le tragique n'appelle pas la solennité. Dans « Une aventure », l'énonciatrice prend conscience que l'amour, pour elle, appartient au passé. Puis cette disparition s'étend à la poésie et la poète s'achemine vers le « royaume de la mort ». Mais alors qu'elle fait son entrée dans ce royaume elle se figure elle-même en « chevalier glorieux s'éloignant dans le soleil couchant » : la gravité de la perte supposée est contrebalancée par la cocasserie de l'image donnée. La figure du chevalier se cache en anglais jusque dans le titre du recueil, rappelant le passage du quatrième poème où *Faithful and Virtuous Knight*, titre du livre que lit le grand frère, est transformé en *Faithful and Virtuous Night* par le *je* enfant, du fait de l'homophonie *knight* (chevalier) / *night* (nuit). Les représentations qui pourraient paraître incompatibles ne sont pas détruites l'une par l'autre, il y a bien une décadence dans l'âge qui passe, elle s'accompagne bien d'une présence accrue de la mort et du souvenir des proches disparus, mais tout cela coexiste avec la vision fantasmagorique de soi en chevalier – et cette représentation donquichottesque participe elle-même, malgré son aspect comique, de l'interprétation mythologique que Louise Glück propose des événements parfois anodins qui emplissent la vie d'un individu.

Ainsi, tandis que les poèmes commencent souvent par l'évocation presque anecdotique de circonstances quotidiennes, ils progressent par décrochages successifs et passent d'un état de la réalité à un autre ou d'une temporalité à une autre. Les formes de pensée et les époques s'interpénètrent alors, à la manière de ces lumières qui ne cessent, dans le recueil, de se frayer un chemin au cœur de l'obscurité. On est tenté de voir dans ces combinaisons poétiques une incitation à appliquer aux textes les différents niveaux de lecture qui ont été proposés dans la tradition exégétique hébraïque puis chrétienne. L'œuvre, à travers ses multiples facettes et tonalités, se diffracte et se reconstruit en permanence dans la lecture, de façon comparable en cela au *je* qui la porte et qui est beaucoup moins homogène et biographique qu'il n'y paraît. Se met en place de la sorte, au cœur de cette poésie, une entreprise paradoxale, qu'on caractériserait volontiers de *réalisme subjectif* : exprimer et interpréter, par bribes, par fragments condensés, cette condition si élémentaire qu'elle est insaisissable, la vie dans le temps.

ROMAIN BENINI

NUIT
DE FOI ET DE VERTU

FAITHFUL
AND VIRTUOUS NIGHT

PARABLE

First divesting ourselves of worldly goods, as St. Francis
teaches,
in order that our souls not be distracted
by gain and loss, and in order also
that our bodies be free to move
easily at the mountain passes, we had then to discuss
whither or where we might travel, with the second question
being
should we have a purpose, against which
many of us argued fiercely that such purpose
corresponded to worldly goods, meaning a limitation or
constriction,
whereas others said it was by this word we were consecrated
pilgrims rather than wanderers: in our minds, the word
translated as
a dream, a something-sought, so that by concentrating we
might see it
glimmering among the stones, and not
pass blindly by; each
further issue we debated equally fully, the arguments going
back and forth,
so that we grew, some said, less flexible and more resigned,
like soldiers in a useless war. And snow fell upon us, and
wind blew,
which in time abated—where the snow had been, many
flowers appeared,
and where the stars had shone, the sun rose over the tree line

PARABOLE

D'abord nous dépouillant des biens de ce monde, comme saint François l'enseigne,
afin que nos âmes ne soient pas distraites
par le gain et la perte, et afin aussi
que nos corps soient libres de se mouvoir
aisément dans les cols de montagne, il nous fallut alors décider
où et vers où nous pourrions voyager, la deuxième question étant
si nous devions avoir un but, ce contre quoi
beaucoup d'entre nous plaidèrent fermement qu'un tel but
équivalait aux biens de ce monde, c'est-à-dire à une limitation ou une restriction,
tandis que d'autres disaient que par ce mot nous avions été consacrés
pèlerins plutôt que vagabonds : dans nos esprits, le mot se traduisait par
un rêve, un quelque chose-recherché, de sorte qu'en nous concentrant nous pouvions le voir
qui étincelait parmi les pierres et ne pas
passer sans le remarquer ; chaque
nouvelle question était débattue aussi profondément, les arguments allant dans un sens et dans l'autre,
de sorte que nous devenions, d'après certains, moins souples et plus résignés,
comme des soldats dans une guerre inutile. Et la neige tomba sur nous, et le vent souffla,
qui après un certain temps se calmèrent – là où il y avait eu de la neige, de nombreuses fleurs apparurent,
et là où les étoiles avaient brillé, le soleil se leva par-dessus la cime des arbres,

so that we had shadows again; many times this happened.
Also rain, also flooding sometimes, also avalanches, in which
some of us were lost, and periodically we would seem
to have achieved an agreement, our canteens
hoisted upon our shoulders; but always that moment passed,
 so
(after many years) we were still at that first stage, still
preparing to begin a journey, but we were changed
 nevertheless;
we could see this in one another; we had changed although
we never moved, and one said, ah, behold how we have
 aged, traveling
from day to night only, neither forward nor sideward, and
 this seemed
in a strange way miraculous. And those who believed we
 should have a purpose
believed this was the purpose, and those who felt we must
 remain free
in order to encounter truth felt it had been revealed.

de sorte que nous avions des ombres à nouveau ; cela arriva de
nombreuses fois.
Il y eut aussi de la pluie, et aussi parfois des inondations, et aussi
des avalanches, dans lesquelles
quelques-uns d'entre nous disparurent, et de temps en temps nous
avions l'air
d'être parvenus à un accord, nos cantines
hissées sur nos épaules ; mais ce moment passait toujours, et
(après de nombreuses années) nous en étions encore à cette
première étape, encore
à nous préparer à prendre le départ, mais nous étions néanmoins
changés ;
nous pouvions voir cela les uns à propos des autres ; nous avions
changé alors que
nous n'avions pas bougé, et l'un d'entre nous dit, ah, regardez
comme nous avons vieilli en voyageant
du jour à la nuit seulement, en n'avançant ni vers l'avant ni sur le
côté, et cela sembla
d'une étrange manière miraculeux. Et ceux qui croyaient que nous
devions avoir un but
crurent que c'était là le but, et ceux qui pensaient que nous devions
rester libres
afin de rencontrer la vérité pensèrent qu'elle avait été révélée.

AN ADVENTURE

1.

It came to me one night as I was falling asleep
that I had finished with those amorous adventures
to which I had long been a slave. Finished with love?
my heart murmured. To which I responded that many
   profound discoveries
awaited us, hoping, at the same time, I would not be asked
to name them. For I could not name them. But the belief
   that they existed—
surely this counted for something?

2.

The next night brought the same thought,
this time concerning poetry, and in the nights that followed
various other passions and sensations were, in the same way,
set aside forever, and each night my heart
protested its future, like a small child being deprived of a
   favorite toy.
But these farewells, I said, are the way of things.
And once more I alluded to the vast territory
opening to us with each valediction. And with that phrase
   I became
a glorious knight riding into the setting sun, and my heart
became the steed underneath me.

3.

I was, you will understand, entering the kingdom of death,
though why this landscape was so conventional
I could not say. Here, too, the days were very long

UNE AVENTURE

1.

Il m'apparut une nuit alors que je commençais à m'endormir
que j'en avais fini avec ces aventures amoureuses
dont j'avais longtemps été esclave. Fini, l'amour ?
murmura mon cœur. À cela je répondis que beaucoup de
 découvertes importantes
nous attendaient, tout en espérant que l'on ne me demanderait pas
de les nommer. Car je ne pouvais pas les nommer. Mais la
 conviction qu'elles existaient –
cela devait certainement compter pour quelque chose ?

2.

La nuit suivante m'apporta la même idée,
cette fois à propos de la poésie, et dans les nuits qui suivirent
plusieurs autres passions et sensations furent, de la même manière,
mises de côté pour toujours, et chaque nuit mon cœur
invoqua son avenir, comme un petit enfant qu'on eût privé de son
 jouet préféré.
Mais ces séparations, dis-je, sont dans l'ordre des choses.
Et une fois de plus je convoquai le territoire immense
qui s'ouvre à nous à chaque adieu. Et avec cette affirmation je devins
un chevalier glorieux s'éloignant dans le soleil couchant, et mon
 cœur
devint le destrier qui me portait.

3.

J'entrais, vous le comprendrez, dans le royaume de la mort,
bien que la raison pour laquelle ce paysage était si convenu
m'échappât. Là aussi, les jours étaient très longs

while the years were very short. The sun sank over the far
mountain.
The stars shone, the moon waxed and waned. Soon
faces from the past appeared to me:
my mother and father, my infant sister; they had not, it
seemed,
finished what they had to say, though now
I could hear them because my heart was still.

4.

At this point, I attained the precipice
but the trail did not, I saw, descend on the other side;
rather, having flattened out, it continued at this altitude
as far as the eye could see, though gradually
the mountain that supported it completely dissolved
so that I found myself riding steadily through the air—
All around, the dead were cheering me on, the joy of finding
them
obliterated by the task of responding to them—

5.

As we had all been flesh together,
now we were mist.
As we had been before objects with shadows,
now we were substance without form, like evaporated
chemicals.
Neigh, neigh, said my heart,
or perhaps nay, nay—it was hard to know.

alors que les années étaient très courtes. Le soleil disparaissait
derrière la montagne lointaine.
Les étoiles brillaient, la lune croissait et décroissait. Bientôt
des visages du passé m'apparurent :
ma mère et mon père, ma sœur qui venait de naître ; ils n'avaient pas,
apparemment,
fini ce qu'ils avaient à dire, même si maintenant
je pouvais les entendre parce que mon cœur était au repos.

4.

À ce stade, j'atteignis le précipice
mais je vis que le sentier ne descendait pas de l'autre côté ;
au lieu de cela, s'étant aplani, il se prolongeait à la même altitude
aussi loin que l'œil pouvait voir, alors que peu à peu
la montagne qui le soutenait se dissolvait entièrement
de telle sorte que je me trouvai chevauchant tout droit à travers les
airs –
Tout autour de moi, les morts m'encourageaient, la joie de les
trouver
disparaissant totalement derrière le devoir de leur répondre –

5.

De même que nous avions tous été chair ensemble,
maintenant nous étions de la brume.
De même que nous avions été auparavant des choses ayant des
ombres,
maintenant nous étions de la substance sans forme, comme des
produits chimiques volatiles.
Hon, hon, dit mon cœur,
ou peut-être était-ce non, non – c'était difficile à dire.

6.

Here the vision ended. I was in my bed, the morning sun
contentedly rising, the feather comforter
mounded in white drifts over my lower body.
You had been with me—
there was a dent in the second pillowcase.
We had escaped from death—
or was this the view from the precipice?

6.

La vision finit là. J'étais dans mon lit, le soleil du matin
apparaissant gaiement, la couette de plumes
entassée en masses blanches sur le bas de mon corps.
Tu avais été avec moi –
il y avait une empreinte sur la deuxième taie d'oreiller.
Nous avions échappé à la mort –
où était-ce là ce qu'on voyait depuis le précipice ?

THE PAST

Small light in the sky appearing
suddenly between
two pine boughs, their fine needles

now etched onto the radiant surface
and above this
high, feathery heaven—

Smell the air. That is the smell of the white pine,
most intense when the wind blows through it
and the sound it makes equally strange,
like the sound of the wind in a movie—

Shadows moving. The ropes
making the sound they make. What you hear now
will be the sound of the nightingale, *chordata*,
the male bird courting the female—

The ropes shift. The hammock
sways in the wind, tied
firmly between two pine trees.

Smell the air. That is the smell of the white pine.

It is my mother's voice you hear
or is it only the sound the trees make
when the air passes through them

because what sound would it make,
passing through nothing?

LE PASSÉ

Une petite lumière dans le ciel apparaissant
soudain entre
deux branches de pin, leurs aiguilles fines

gravées maintenant sur la surface éclatante
et au-dessus de ce
ciel haut et plumeux –

Respire l'air. C'est l'odeur du pin blanc,
très puissante quand le vent souffle à travers
et le bruit que cela fait est tout aussi étrange,
comme le bruit du vent dans un film –

Des ombres qui bougent. Les cordes
qui font le bruit qu'elles font. Ce que tu entends maintenant
est sans doute le bruit du rossignol, *chordata*,
l'oiseau mâle courtisant la femelle –

Les cordes bougent. Le hamac
se balance dans le vent, attaché
fermement entre deux pins.

Respire l'air. C'est l'odeur du pin blanc.

C'est la voix de ma mère que vous entendez
ou est-ce seulement le bruit que font les arbres
quand l'air passe à travers

car quel bruit cela ferait-il
s'il ne passait à travers rien ?

FAITHFUL AND VIRTUOUS NIGHT

My story begins very simply: I could speak and I was happy.
Or: I could speak, thus I was happy.
Or: I was happy, thus speaking.
I was like a bright light passing through a dark room.

If it is so difficult to begin, imagine what it will be to end—
On my bed, sheets printed with colored sailboats
conveying, simultaneously, visions of adventure (in the form
of exploration)
and sensations of gentle rocking, as of a cradle.

Spring, and the curtains flutter.
Breezes enter the room, bringing the first insects.
A sound of buzzing like the sound of prayers.

Constituent
memories of a large memory.
Points of clarity in a mist, intermittently visible,
like a lighthouse whose one task
is to emit a signal.

But what really is the point of the lighthouse?
This is north, it says.
Not: I am your safe harbor.

Much to his annoyance, I shared this room with my older brother.
To punish me for existing, he kept me awake, reading
adventure stories by the yellow nightlight.

NUIT DE FOI ET DE VERTU

Mon histoire commence très simplement : je pouvais parler et
j'étais heureux.
Ou : je pouvais parler, donc j'étais heureux.
Ou : j'étais heureux, donc je parlais.
J'étais comme un éclat de lumière traversant une chambre obscure.

S'il est aussi difficile de commencer, imaginez ce que ce sera de finir –
Sur mon lit, des draps imprimés représentant des voiliers
qui portent, en même temps, des visions d'aventure (sous forme
d'exploration)
et des sensations de doux roulis, comme avec un berceau.

C'est le printemps, et les rideaux s'agitent.
Des brises entrent dans la chambre, apportant les premiers insectes.
Un bruit de bourdonnement comme le bruit de prières.

Fragments
de mémoire d'une plus grande mémoire.
Points de clarté dans le brouillard, visibles par intermittence,
comme un phare dont la seule tâche
est d'émettre un signal.

Mais à quoi sert vraiment le phare ?
Le nord est là, dit-il.
Pas : je suis ton refuge.

Chose qui l'agaçait, je partageais cette chambre avec mon grand frère.
Pour me punir d'exister, il me tenait éveillé, lisant
des histoires d'aventure à la lumière jaune de la veilleuse.

The habits of long ago: my brother on his side of the bed,
subdued but voluntarily so,
his bright head bent over his hands, his face obscured—

At the time of which I'm speaking,
my brother was reading a book he called
the faithful and virtuous night.
Was this the night in which he read, in which I lay awake?
No—it was a night long ago, a lake of darkness in which
a stone appeared, and on the stone
a sword growing.

Impressions came and went in my head,
a faint buzz, like the insects.
When not observing my brother, I lay in the small bed we
   shared
staring at the ceiling—never
my favorite part of the room. It reminded me
of what I couldn't see, the sky obviously, but more painfully
my parents sitting on the white clouds in their white travel
   outfits.

And yet I too was traveling,
in this case imperceptibly
from that night to the next morning,
and I too had a special outfit:
striped pyjamas.

Picture if you will a day in spring.
A harmless day: my birthday.
Downstairs, three gifts on the breakfast table.

Les habitudes d'il y a longtemps : mon frère de son côté du lit,
sage, mais volontairement,
sa tête claire penchée sur ses mains, son visage dissimulé –

À l'époque dont je parle,
mon frère lisait un livre qu'il appelait
la nuit de foi et de vertu.
S'agissait-il de la nuit dans laquelle il lisait, dans laquelle, allongé,
   je restais éveillé ?
Non – c'était une nuit d'il y a longtemps, un lac d'obscurité dans lequel
une pierre apparaissait, et sur la pierre
s'élevait une épée.

Des impressions allaient et venaient dans ma tête,
un faible bourdonnement, comme les insectes.
Quand je n'observais pas mon frère, je restais étendu sur le lit que
   nous partagions
à regarder le plafond – jamais
ma partie préférée de la chambre. Cela me rappelait
ce que je ne pouvais pas voir, le ciel bien sûr, mais plus douloureusement
mes parents assis sur les nuages blancs avec leurs blancs costumes
   de voyage.

Et pourtant moi aussi je voyageais,
en l'occurrence imperceptiblement
de cette nuit-là au matin suivant,
et moi aussi j'avais un costume adapté :
un pyjama rayé.

Imaginez si vous voulez un jour de printemps.
Un jour inoffensif : mon anniversaire.
En bas, trois cadeaux sur la table du petit-déjeuner.

In one box, pressed handkerchiefs with a monogram.
In the second box, colored pencils arranged
in three rows, like a school photograph.
In the last box, a book called *My First Reader*.

My aunt folded the printed wrapping paper;
the ribbons were rolled into neat balls.
My brother handed me a bar of chocolate
wrapped in silver paper.

Then, suddenly, I was alone.

Perhaps the occupation of a very young child
is to observe and listen:

In that sense, everyone was occupied—
I listened to the various sounds of the birds we fed,
the tribes of insects hatching, the small ones
creeping along the windowsill, and overhead
my aunt's sewing machine drilling
holes in a pile of dresses—

Restless, are you restless?
Are you waiting for day to end, for your brother to return
  to his book?
For night to return, faithful, virtuous,
repairing, briefly, the schism between
you and your parents?

This did not, of course, happen immediately.
Meanwhile, there was my birthday;

Dans une boîte, des mouchoirs repassés portant un monogramme.
Dans la deuxième boîte, des crayons de couleurs ordonnés
en trois rangées, comme une photographie de classe.
Dans la dernière boîte, un livre intitulé *Mon premier livre de lecture.*

Ma tante pliait le papier cadeau imprimé ;
les rubans étaient roulés en boules régulières.
Mon frère me tendait une tablette de chocolat
emballée dans du papier argenté.

Alors, d'un coup, j'étais seul.

Peut-être que l'occupation d'un très jeune enfant
est d'observer et d'écouter :

En ce sens, tout le monde était occupé –
j'écoutais les divers bruits des oiseaux que nous nourrissions,
les tribus d'insectes en train d'éclore, les petits
rampant le long du rebord de la fenêtre, et au-dessus de nos têtes
la machine à coudre de ma tante perçant
des trous dans une pile de robes –

Agité, es-tu agité ?
Attends-tu que la journée se termine, que ton frère retourne à son
livre ?
Pour que la nuit revienne, pleine de foi, vertueuse,
réparant, brièvement, le schisme entre
toi et tes parents ?

Cela n'était pas, bien sûr, arrivé immédiatement.
Entre-temps, il y avait mon anniversaire ;

somehow the luminous outset became
the interminable middle.

Mild for late April. Puffy
clouds overhead, floating among the apple trees.
I picked up *My First Reader*, which appeared to be
a story about two children—I could not read the words.

On page three, a dog appeared.
On page five, there was a ball—one of the children
threw it higher than seemed possible, whereupon
the dog floated into the sky to join the ball.
That seemed to be the story.

I turned the pages. When I was finished
I resumed turning, so the story took on a circular shape,
like the zodiac. It made me dizzy. The yellow ball

seemed promiscuous, equally
at home in the child's hand and the dog's mouth—

Hands underneath me, lifting me.
They could have been anyone's hands,
a man's, a woman's.
Tears falling on my exposed skin. Whose tears?
Or were we out in the rain, waiting for the car to come?

The day had become unstable.
Fissures appeared in the broad blue, or,
more precisely, sudden black clouds
imposed themselves on the azure background.

sans qu'on sache comment le début lumineux était devenu
l'interminable milieu.

Doux pour une fin d'avril. De moelleux
nuages au-dessus de nos têtes, flottant parmi les pommiers.
Je pris *Mon premier livre de lecture*, qui semblait être
une histoire à propos de deux enfants – je ne pouvais pas lire les mots.

À la page trois, un chien apparaissait.
À la page cinq, il y avait un ballon – un des enfants
le jetait plus haut qu'il ne semblait possible, après quoi
le chien flottait dans le ciel pour rejoindre le ballon.
Cela semblait être l'histoire.

Je tournais les pages. Quand j'avais fini
je recommençais à les tourner, en sorte que l'histoire prenait une
forme circulaire,
comme le zodiaque. Cela m'étourdissait. Le ballon jaune

semblait irrésolu, aussi
à l'aise dans la main de l'enfant que dans la gueule du chien –

Des mains sous moi, qui me soulèvent.
Ç'aurait pu être les mains de n'importe qui,
d'un homme, d'une femme.
Des larmes qui coulent sur ma peau découverte. Les larmes de qui ?
Ou bien étions-nous dehors sous la pluie, à attendre que la voiture
arrive ?

Le jour était devenu instable.
Des fissures apparaissaient dans le bleu large, ou,
plus précisément, de soudains nuages noirs
s'imposaient sur le fond azuré.

Somewhere, in the far backward reaches of time,
my mother and father
were embarking on their last journey,
my mother fondly kissing the new baby, my father
throwing my brother into the air.

I sat by the window, alternating
my first lesson in reading with
watching time pass, my introduction to
philosophy and religion.

Perhaps I slept. When I woke
the sky had changed. A light rain was falling,
making everything very fresh and new—

I continued staring
at the dog's frantic reunions
with the yellow ball, an object
soon to be replaced
by another object, perhaps a soft toy—

And then suddenly evening had come.
I heard my brother's voice
calling to say he was home.

How old he seemed, older than this morning.
He set his books beside the umbrella stand
and went to wash his face.
The cuffs of his school uniform
dangled below his knees.

Quelque part, dans les confins les plus reculés du temps,
ma mère et mon père
s'embarquaient pour leur dernier voyage,
ma mère embrassant avec tendresse le nouveau bébé, mon père
lançant mon frère en l'air.

J'étais assis à la fenêtre, m'occupant alternativement
à ma première leçon de lecture et à
regarder le temps passer, mon initiation à
la philosophie et à la religion.

Peut-être que je dormais. Quand je me réveillai
le ciel avait changé. Une pluie légère tombait,
rendant chaque chose très fraîche et très nouvelle –

Je continuais de scruter
les retrouvailles frénétiques du chien
avec le ballon jaune, un objet
qui devait bientôt être remplacé
par un autre objet, peut-être une peluche –

Et alors soudain le soir était arrivé.
J'entendis la voix de mon frère
appeler pour dire qu'il était rentré.

Comme il semblait vieux, plus vieux que ce matin.
Il posa ses livres à côté du porte-parapluies
et alla se laver le visage.
Les manches de son uniforme scolaire
pendaient en dessous de ses genoux.

You have no idea how shocking it is
to a small child when
something continuous stops.

The sounds, in this case, of the sewing room,
like a drill, but very far away—

Vanished. Silence was everywhere.
And then, in the silence, footsteps.
And then we were all together, my aunt and my brother.

Then tea was set out.
At my place, a slice of ginger cake
and at the center of the slice,
one candle, to be lit later.
How quiet you are, my aunt said.

It was true—
sounds weren't coming out of my mouth. And yet
they were in my head, expressed, possibly,
as something less exact, thought perhaps,
though at the time they still seemed like sounds to me.

Something was there where there had been nothing.
Or should I say, nothing was there
but it had been defiled by questions—

Questions circled my head; they had a quality
of being organized in some way, like planets—

Outside, night was falling. Was this
that lost night, star-covered, moonlight-spattered,

Vous ne pouvez pas imaginer comme c'est choquant
pour un petit enfant quand
quelque chose de continu s'arrête.

Les bruits, en l'occurrence, de la pièce à couture,
comme une perceuse, mais très loin –

Disparurent. Le silence était partout.
Et alors, dans le silence, des pas.
Et alors nous étions tous ensemble, ma tante et mon frère.

Alors on apportait le thé.
À ma place, une part de gâteau au gingembre
et au milieu de la part,
une bougie, à allumer plus tard.
Comme tu es silencieux, dit ma tante.

C'était vrai –
les sons ne sortaient pas de ma bouche. Et pourtant
ils étaient dans ma tête, exprimés, sans doute,
de façon moins précise, pensés peut-être,
même si à ce moment ils me semblaient encore être des sons.

Quelque chose était là, là où il n'y avait rien eu.
Ou devrais-je dire, rien n'était là
mais cela avait été terni par des questions –

Des questions qui tournaient dans ma tête ; elles avaient la propriété
d'être organisées d'une certaine manière, comme des planètes –

Dehors, la nuit tombait. Était-ce
cette nuit perdue, couverte d'étoiles, éclaboussée de lune,

like some chemical preserving
everything immersed in it?

My aunt had lit the candle.

Darkness overswept the land
and on the sea the night floated
strapped to a slab of wood—

If I could speak, what would I have said?
I think I would have said
goodbye, because in some sense
it *was* goodbye—

Well, what could I do? I wasn't
a baby anymore.

I found the darkness comforting.
I could see, dimly, the blue and yellow
sailboats on the pillowcase.

I was alone with my brother;
we lay in the dark, breathing together,
the deepest intimacy.

It had occurred to me that all human beings are divided
into those who wish to move forward
and those who wish to go back.
Or you could say, those who wish to keep moving
and those who want to be stopped in their tracks
as by the blazing sword.

comme quelque produit chimique qui conserve
tout ce qui y est plongé ?

Ma tante avait allumé la bougie.

L'obscurité abolissait le paysage
et sur la mer la nuit flottait
attachée à une pièce de bois –

Si j'avais pu parler, qu'aurais-je dit ?
Je pense que j'aurais dit
au revoir, parce que dans un sens
c'était un au revoir –

Enfin, que pouvais-je faire ? je n'étais plus
un bébé désormais.

Je trouvais l'obscurité réconfortante.
Je pouvais voir, faiblement, le bleu et le jaune
des voiliers sur la taie d'oreiller.

J'étais seul avec mon frère ;
nous étions allongés dans le noir, respirant ensemble,
l'intimité la plus profonde.

Il m'était apparu que tous les êtres humains se divisaient
entre ceux qui voulaient avancer
et ceux qui voulaient retourner en arrière.
Ou pourrait-on dire, ceux qui voudraient continuer à avancer
et ceux qui voudraient être arrêtés dans leur parcours
comme par l'épée flamboyante.

My brother took my hand.
Soon it too would be floating away
though perhaps, in my brother's mind,
it would survive by becoming imaginary—

Having finally begun, how does one stop?
I suppose I can simply wait to be interrupted
as in my parents' case by a large tree—
the barge, so to speak, will have passed
for the last time between the mountains.
Something, they say, like falling asleep,
which I proceeded to do.

The next day, I could speak again.
My aunt was overjoyed—
it seemed my happiness had been
passed on to her, but then
she needed it more, she had two children to raise.

I was content with my brooding.
I spent my days with the colored pencils
(I soon used up the darker colors)
though what I saw, as I told my aunt,
was less a factual account of the world
than a vision of its transformation
subsequent to passage through the void of myself.

Something, I said, like the world in spring.

When not preoccupied with the world
I drew pictures of my mother
for which my aunt posed,

Mon frère me prit la main.
Bientôt cela aussi s'éloignerait en flottant
même si peut-être, dans l'esprit de mon frère,
cela survivrait en devenant imaginaire –

Ayant enfin commencé, comment s'arrête-t-on ?
Je suppose que je peux simplement attendre d'être interrompu
comme dans le cas de mes parents par un grand arbre –
la barge, si l'on peut dire, sera passée
une dernière fois entre les montagnes.
Quelque chose, disent-ils, comme s'endormir,
ce que j'allais faire.

Le jour suivant, je pouvais parler à nouveau.
Ma tante était folle de joie –
il semblait que mon bonheur lui avait
été transmis, mais en même temps
elle en avait plus besoin, elle avait deux enfants à élever.

J'étais satisfait de ma rumination.
Je passais mes journées avec les crayons de couleurs
(j'avais vite épuisé les couleurs plus sombres)
même si ce que je voyais, comme je le disais à ma tante,
était moins une image factuelle du monde
qu'une vision de sa transformation
faisant suite à la traversée du vide de moi-même.

Quelque chose, disais-je, comme le monde au printemps.

Quand je ne m'occupais pas du monde
je faisais des dessins de ma mère
pour lesquels ma tante posait,

holding, at my request,
a twig from a sycamore.

As to the mystery of my silence:
I remained puzzled
less by my soul's retreat than
by its return, since it returned empty-handed—

How deep it goes, this soul,
like a child in a department store,
seeking its mother—

Perhaps it is like a diver
with only enough air in his tank
to explore the depths for a few minutes or so—
then the lungs send him back.

But something, I was sure, opposed the lungs,
possibly a death wish—
(I use the word *soul* as a compromise).

Of course, in a certain sense I was not empty-handed:
I had my colored pencils.
In another sense, that is my point:
I had accepted substitutes.

It was challenging to use the bright colors,
the ones left, though my aunt preferred them of course—
she thought all children should be lighthearted.

And so time passed: I became
a boy like my brother, later
a man.

tenant, à ma demande,
une petite branche de sycomore.

Quant au mystère de mon silence :
je demeurais étonné
moins par la retraite de mon âme que
par son retour, puisqu'elle était revenue les mains vides –

Comme elle avance profondément, cette âme,
comme un enfant dans un grand magasin,
qui cherche sa mère –

Peut-être est-ce comme un plongeur
qui a juste assez d'air dans ses bouteilles
pour explorer les profondeurs quelques minutes –
puis les poumons le font revenir.

Mais quelque chose, j'en étais sûr, luttait contre les poumons,
peut-être un désir de mort –
(J'utilise le mot *âme* comme un compromis).

Bien sûr, en un certain sens je n'avais pas les mains vides :
j'avais mes crayons de couleurs.
En un autre sens, c'est ce que je veux dire :
j'avais admis des substituts.

Cela m'était difficile d'utiliser les couleurs claires
celles qui restaient, quoique ma tante les préférât bien sûr –
elle pensait que tous les enfants devraient être insouciants.

Et ainsi le temps passa : je devins
un garçon comme mon frère, plus tard
un homme.

I think here I will leave you. It has come to seem
there is no perfect ending.
Indeed, there are infinite endings.
Or perhaps, once one begins,
there are only endings.

Je crois qu'ici je vais vous laisser. Il est devenu probable
qu'il n'y a pas de fin parfaite.
En effet, il y a des fins infinies.
Ou peut-être, lorsqu'on commence,
n'y a-t-il que des fins.

THEORY OF MEMORY

Long, long ago, before I was a tormented artist, afflicted with longing yet incapable of forming durable attachments, long before this, I was a glorious ruler uniting all of a divided country—so I was told by the fortune-teller who examined my palm. Great things, she said, are ahead of you, or perhaps behind you; it is difficult to be sure. And yet, she added, what is the difference? Right now you are a child holding hands with a fortune-teller. All the rest is hypothesis and dream.

THÉORIE DE LA MÉMOIRE

Il y a bien, bien longtemps, avant que je sois une artiste tourmentée, hantée par le désir et pourtant incapable de former des liens durables, bien avant cela, j'étais une souveraine glorieuse qui unifiait toutes les parties d'un pays divisé – voilà ce que me disait la diseuse de bonne aventure qui examinait ma paume. De grandes choses, dit-elle, sont au-devant de vous, ou peut-être derrière vous ; il est difficile d'en être sûre. Et pourtant, ajouta-t-elle, quelle est la différence ? À cet instant vous êtes une enfant qui donne la main à une diseuse de bonne aventure. Tout le reste n'est qu'hypothèse et rêve.

A SHARPLY WORDED SILENCE

Let me tell you something, said the old woman.
We were sitting, facing each other,
in the park at ____, a city famous for its wooden toys.

At the time, I had run away from a sad love affair,
and as a kind of penance or self-punishment, I was working
at a factory, carving by hand the tiny hands and feet.

The park was my consolation, particularly in the quiet hours
after sunset, when it was often abandoned.
But on this evening, when I entered what was called the
  Contessa's Garden,
I saw that someone had preceded me. It strikes me now
I could have gone ahead, but I had been
set on this destination; all day I had been thinking of the
  cherry trees
with which the glade was planted, whose time of blossoming
  had nearly ended.

We sat in silence. Dusk was falling,
and with it came a feeling of enclosure
as in a train cabin.

When I was young, she said, I liked walking the garden path
  at twilight
and if the path was long enough I would see the moon rise.
That was for me the great pleasure: not sex, not food, not
  worldly amusement.

UN SILENCE AUX MOTS PERÇANTS

Laisse-moi te dire quelque chose, dit la vieille femme.
Nous étions assises l'une en face de l'autre,
dans le parc à ____, une ville célèbre pour ses jouets de bois.

À l'époque, j'avais fui une aventure triste,
et en guise de pénitence ou d'autopunition, je travaillais
dans une usine, sculptant à la main les petites mains et les petits pieds.

Le parc était ma consolation, en particulier pendant les heures calmes
qui suivent le coucher de soleil, quand il était souvent abandonné.
Mais ce soir-là, quand j'entrai dans ce qu'on appelait le Jardin de la
  Contessa,
je vis que quelqu'un m'avait précédée. Il m'apparaît clairement
  aujourd'hui
que j'aurais pu continuer mon chemin, mais il était
prévu que j'arrive à cet endroit ; toute la journée j'avais pensé aux
  cerisiers
qui occupaient la clairière et dont la période de floraison était
  bientôt terminée.

Nous étions assises en silence. La nuit tombait,
et avec elle arrivait une sensation de clôture
comme dans un compartiment de train.

Quand j'étais jeune, dit-elle, j'aimais suivre les chemins du jardin
  au coucher du soleil
et lorsque le chemin était assez long je pouvais voir la lune se lever.
C'était là pour moi le grand plaisir : pas le sexe, pas la cuisine, pas
  les divertissements du monde.

I preferred the moon's rising, and sometimes I would hear,
at the same moment, the sublime notes of the final ensemble
of *The Marriage of Figaro*. Where did the music come from?
I never knew.

Because it is the nature of garden paths
to be circular, each night, after my wanderings,
I would find myself at my front door, staring at it,
barely able to make out, in darkness, the glittering knob.

It was, she said, a great discovery, albeit my real life.

But certain nights, she said, the moon was barely visible
through the clouds
and the music never started. A night of pure
discouragement.
And still the next night I would begin again, and often all
would be well.

I could think of nothing to say. This story, so pointless as
I write it out,
was in fact interrupted at every stage with trance-like pauses
and prolonged intermissions, so that by this time night had
started.

Ah the capacious night, the night
so eager to accommodate strange perceptions. I felt that
some important secret
was about to be entrusted to me, as a torch is passed
from one hand to another in a relay.

Je préférais le lever de lune, et parfois je pouvais entendre,
au même moment, les notes sublimes de l'accord final
des *Noces de Figaro*. D'où la musique venait-elle ?
Je ne l'ai jamais su.

Comme c'est dans la nature des chemins de jardin
d'être circulaires, chaque nuit, après mes déambulations,
je me retrouvais devant ma porte d'entrée, à la regarder,
à peine capable de distinguer, dans l'obscurité, la poignée scintillante.

C'était, dit-elle, une grande découverte, bien que ce fût ma vraie vie.

Mais certaines nuits, dit-elle, la lune était à peine visible à travers
  les nuages
et la musique ne commençait jamais. Une nuit de pur
  découragement.
Et pourtant la nuit suivante je recommençais, et souvent tout allait
  bien.

Je ne trouvai rien à dire. Cette histoire, si dépourvue de sens quand
  je l'écris,
était à vrai dire interrompue à chaque étape par des pauses
  ressemblant à des transes
et par des entractes prolongés, de sorte qu'à ce moment-là la nuit
  avait commencé.

Ah, la spacieuse nuit, la nuit
si désireuse d'accueillir d'étranges conceptions. Je sentais que
  quelque secret important
était sur le point de m'être confié, comme une torche est passée
d'une main à l'autre dans un relais.

My sincere apologies, she said.
I had mistaken you for one of my friends.
And she gestured toward the statues we sat among,
heroic men, self-sacrificing saintly women
holding granite babies to their breasts.
Not changeable, she said, like human beings.

I gave up on them, she said.
But I never lost my taste for circular voyages.
Correct me if I'm wrong.

Above our heads, the cherry blossoms had begun
to loosen in the night sky, or maybe the stars were drifting,
drifting and falling apart, and where they landed
new worlds would form.

Soon afterward I returned to my native city
and was reunited with my former lover.
And yet increasingly my mind returned to this incident,
studying it from all perspectives, each year more intensely
  convinced,
despite the absence of evidence, that it contained some secret.
I concluded finally that whatever message there might have
  been
was not contained in speech—so, I realized, my mother used
  to speak to me,
her sharply worded silences cautioning me and chastising
  me—

and it seemed to me I had not only returned to my lover
but was now returning to the Contessa's Garden

Toutes mes excuses, dit-elle.
Je vous avais prise pour une de mes amies.
Et elle fit un geste vers les statues parmi lesquelles nous étions assises,
des hommes héroïques, de saintes femmes qui se sacrifiaient
en tenant des bébés de granit sur leurs poitrines.
Pas changeants, dit-elle, comme les êtres humains.

En ce qui les concerne, j'ai abandonné, dit-elle.
Mais je n'ai jamais perdu mon goût pour les périples.
Corrigez-moi si je me trompe.

Au-dessus de nos têtes, les cerisiers en fleur avaient commencé
à s'épandre dans le ciel de nuit, ou peut-être les étoiles étaient-elles
à la dérive,
à la dérive ou en train de s'effondrer, et là où elles atterrissaient
de nouveaux mondes se formaient.

Peu après je retournai à ma ville natale
et fus réunie à mon ancien amant.
Et pourtant, de plus en plus, mon esprit revenait à cet incident,
l'étudiait sous toutes les perspectives, plus profondément convaincu
chaque année,
malgré l'absence de preuve, qu'il renfermait quelque secret.
J'en arrivai finalement à la conclusion que le message, quel qu'il
soit, qu'il pouvait y avoir eu
ne se trouvait pas dans la parole – c'est ainsi, remarquai-je, que ma
mère me parlait,
ses silences aux mots perçants m'avertissant et me châtiant –

et il me sembla que je n'étais pas seulement revenue à mon amant
mais que je revenais maintenant au Jardin de la Contessa

in which the cherry trees were still blooming
like a pilgrim seeking expiation and forgiveness,

so I assumed there would be, at some point,
a door with a glittering knob,
but when this would happen and where I had no idea.

dans lequel les cerisiers continuaient de fleurir
comme un pèlerin qui cherche l'expiation et le pardon,

alors je supposai qu'il y aurait, à un moment donné,
une porte à la poignée scintillante,
mais quand cela devait arriver, et où, je n'en savais rien.

VISITORS FROM ABROAD

1.

Sometime after I had entered
that time of life
people prefer to allude to in others
but not in themselves, in the middle of the night
the phone rang. It rang and rang
as though the world needed me,
though really it was the reverse.

I lay in bed, trying to analyze
the ring. It had
my mother's persistence and my father's
pained embarrassment.

When I picked it up, the line was dead.
Or was the phone working and the caller dead?
Or was it not the phone, but the door perhaps?

2.

My mother and father stood in the cold
on the front steps. My mother stared at me,
a daughter, a fellow female.
You never think of us, she said.

We read your books when they reach heaven.
Hardly a mention of us anymore, hardly a mention of your sister.
And they pointed to my dead sister, a complete stranger,
tightly wrapped in my mother's arms.

VISITEURS VENUS D'AILLEURS

1.

Quelque temps après que je fus entrée
dans cette période de la vie
que les gens préfèrent évoquer à propos des autres
plutôt qu'à propos d'eux-mêmes, au milieu de la nuit
le téléphone sonna. Il sonna et sonna
comme si le monde avait besoin de moi,
alors qu'en réalité c'était l'inverse.

J'étais allongée dans mon lit, j'essayais d'analyser
la sonnerie. Elle avait
la ténacité de ma mère
et l'embarras douloureux de mon père.

Quand je décrochai, la tonalité avait disparu.
Ou était-ce le téléphone qui fonctionnait et l'appeleur qui avait disparu ?
Ou n'était-ce pas le téléphone, mais peut-être la porte ?

2.

Ma mère et mon père se tenaient dans le froid
sur les marches du perron. Ma mère me dévisageait,
une fille, une camarade femme.
Tu ne penses jamais à nous, dit-elle.

Nous lisons tes livres quand ils atteignent le ciel.
C'est à peine si nous y apparaissons, à peine si ta sœur y apparaît.
Et ils montraient du doigt ma sœur morte, une parfaite étrangère,
étroitement enveloppée dans les bras de ma mère.

But for us, she said, you wouldn't exist.
And your sister—you have your sister's soul.
After which they vanished, like Mormon missionaries.

3.

The street was white again,
all the bushes covered with heavy snow
and the trees glittering, encased with ice.

I lay in the dark, waiting for the night to end.
It seemed the longest night I had ever known,
longer than the night I was born.

I write about you all the time, I said aloud.
Every time I say "I," it refers to you.

4.

Outside the street was silent.
The receiver lay on its side among the tangled sheets;
its peevish throbbing had ceased some hours before.

I left it as it was,
its long cord drifting under the furniture.

I watched the snow falling,
not so much obscuring things
as making them seem larger than they were.

Who would call in the middle of the night?
Trouble calls, despair calls.
Joy is sleeping like a baby.

Sans nous, dit-elle, tu n'existerais pas.
Et ta sœur – tu as l'âme de ta sœur.
Après quoi ils disparurent, comme des missionnaires mormons.

3.

La rue était à nouveau blanche,
tous les buissons étaient couverts d'une lourde neige
et les arbres scintillaient, tapissés de glace.

J'étais allongée dans le noir, j'attendais que la nuit finisse.
Cela me sembla être la nuit la plus longue que j'aie jamais connue,
plus longue que la nuit où je suis née.

J'écris sur vous tout le temps, dis-je tout haut.
Chaque fois que je dis « je », c'est de vous que je parle.

4.

À l'extérieur la rue était silencieuse.
Le combiné reposait sur le côté au milieu des draps enchevêtrés ;
son bourdonnement agaçant avait cessé quelques heures auparavant.

Je le laissai en l'état,
avec son long fil à la dérive sous le meuble.

Je regardais la neige tomber
dissimulant moins les choses
que leur donnant l'air d'être plus grandes qu'elles n'étaient.

Qui appellerait au milieu de la nuit ?
Des appels à l'aide, des appels de désespoir.
La joie est endormie comme un bébé.

ABORIGINAL LANDSCAPE

You're stepping on your father, my mother said,
and indeed I was standing exactly in the center
of a bed of grass, mown so neatly it could have been
my father's grave, although there was no stone saying so.

You're stepping on your father, she repeated,
louder this time, which began to be strange to me,
since she was dead herself; even the doctor had admitted it.

I moved slightly to the side, to where
my father ended and my mother began.

The cemetery was silent. Wind blew through the trees;
I could hear, very faintly, sounds of weeping several rows
  away,
and beyond that, a dog wailing.

At length these sounds abated. It crossed my mind
I had no memory of being driven here,
to what now seemed a cemetery, though it could have been
a cemetery in my mind only; perhaps it was a park, or if not
  a park,
a garden or bower, perfumed, I now realized, with the scent
  of roses—
douceur de vivre filling the air, the sweetness of living,
as the saying goes. At some point,

PAYSAGE ABORIGÈNE

Tu marches sur ton père, dit ma mère,
et en effet je me tenais exactement au centre
d'un lit d'herbe si soigneusement tondu qu'il aurait pu être
la tombe de mon père, même si aucune pierre ne l'indiquait.

Tu marches sur ton père, répéta-t-elle,
plus fort cette fois-ci, ce qui commença à me paraître étrange,
puisqu'elle-même était morte ; même le docteur l'avait reconnu.

Je me déplaçai légèrement sur le côté, là où
mon père terminait et ma mère commençait.

Le cimetière était silencieux. Le vent soufflait dans les arbres ;
je pouvais entendre, très faiblement, le bruit que faisaient des
  pleurs quelques rangées plus loin,
et au-delà, un chien qui gémissait.

Au bout de quelque temps ces bruits s'atténuèrent. Il me vint à l'esprit
que je n'avais aucun souvenir d'avoir été conduite ici,
dans ce qui semblait maintenant être un cimetière, bien que cela
  eût pu être
un cimetière dans mon esprit seulement ; c'était peut-être un parc,
  ou, à défaut d'un parc,
un jardin ou une charmille, parfumée, je m'en rendais maintenant
  compte, d'une odeur de roses –
l'air empli de *douceur de vivre*, les charmes de l'existence,
selon l'expression consacrée. Au bout d'un certain temps,

it occurred to me I was alone.
Where had the others gone,
my cousins and sister, Caitlin and Abigail?

By now the light was fading. Where was the car
waiting to take us home?

I then began seeking for some alternative. I felt
an impatience growing in me, approaching, I would say,
   anxiety.
Finally, in the distance, I made out a small train,
stopped, it seemed, behind some foliage, the conductor
lingering against a doorframe, smoking a cigarette.

Do not forget me, I cried, running now
over many plots, many mothers and fathers—

Do not forget me, I cried, when at last I reached him.
Madam, he said, pointing to the tracks,
surely you realize this is the end, the tracks do not go
   farther.
His words were harsh, and yet his eyes were kind;
this encouraged me to press my case harder.
But they go back, I said, and I remarked
their sturdiness, as though they had many such returns
   ahead of them.

You know, he said, our work is difficult: we confront
much sorrow and disappointment.
He gazed at me with increasing frankness.
I was like you once, he added, in love with turbulence.

il m'apparut que j'étais seule.
Où étaient passés les autres,
mes cousins et ma sœur, Caitlin et Abigail ?

Maintenant la lumière s'estompait. Où était la voiture
qui attendait de nous ramener à la maison ?

Je commençai alors à chercher une alternative. Je sentais
un sentiment d'impatience grandir en moi et approcher, il me semble, de l'anxiété.
Finalement, au loin, je discernai un petit train,
arrêté, à ce qu'il paraissait, derrière un feuillage, le conducteur
traînant contre un chambranle de porte, fumant une cigarette.

Ne m'oubliez pas, m'écriai-je, en courant maintenant
sur de nombreuses parcelles, de nombreux pères et mères –

Ne m'oubliez pas, m'écriai-je, quand je l'atteignis enfin.
Madame, dit-il, en me montrant du doigt les voies,
vous vous rendez sans doute compte que c'est ici la fin, les voies ne vont pas plus loin.
Ses mots étaient durs, et pourtant ses yeux étaient doux ;
cela m'encouragea à défendre plus hardiment mon cas.
Mais elles repartent en arrière, dis-je, et j'observai
leur robustesse, comme s'il y avait devant elles de nombreux retours de ce type.

Vous savez, dit-il, notre travail est difficile : nous faisons face
à beaucoup de tristesse et de déception.
Il me fixait avec une franchise grandissante.
J'ai été comme vous autrefois, ajouta-t-il, amoureux de l'agitation.

Now I spoke as to an old friend:
What of you, I said, since he was free to leave,
have you no wish to go home,
to see the city again?

This is my home, he said.
The city—the city is where I disappear.

Maintenant je parlais comme à un vieil ami :
Et vous, dis-je, puisqu'il était libre de partir,
n'avez-vous aucun désir de rentrer chez vous,
de voir à nouveau la ville ?

C'est ici, chez moi, dit-il.
La ville – la ville est là où je disparais.

UTOPIA

When the train stops, the woman said, you must get on it. But how will I know, the child asked, it is the right train? It will be the right train, said the woman, because it is the right time. A train approached the station; clouds of grayish smoke streamed from the chimney. How terrified I am, the child thinks, clutching the yellow tulips she will give to her grandmother. Her hair has been tightly braided to withstand the journey. Then, without a word, she gets on the train, from which a strange sound comes, not in a language like the one she speaks, something more like a moan or a cry.

UTOPIE

Quand le train s'arrêtera, dit la femme, tu devras monter dedans. Mais comment saurai-je, demanda l'enfant, que c'est le bon train ? Ce sera le bon train, dit la femme, parce que c'est le bon moment. Un train approchait de la gare ; des nuages de fumée grisâtre s'écoulaient de la cheminée. Comme je suis terrifiée, pense l'enfant, serrant les tulipes jaunes qu'elle donnera à sa grand-mère. Ses cheveux ont été coiffés en nattes serrées pour tenir le voyage. Alors, sans un mot, elle monte dans le train, d'où vient un bruit étrange, pas dans une langue comme celle qu'elle parle, quelque chose qui ressemble plus à une plainte ou un cri.

CORNWALL

A word drops into the mist
like a child's ball into high grass
where it remains seductively
flashing and glinting until
the gold bursts are revealed to be
simply field buttercups.

Word/mist, word/mist: thus it was with me.
And yet, my silence was never total—

Like a curtain rising on a vista,
sometimes the mist cleared: alas, the game was over.
The game was over and the word had been
somewhat flattened by the elements
so it was now both recovered and useless.

I was renting, at the time, a house in the country.
Fields and mountains had replaced tall buildings.
Fields, cows, sunsets over the damp meadow.
Night and day distinguished by rotating birdcalls,
the busy murmurs and rustlings merging into
something akin to silence.

I sat, I walked about. When night came,
I went indoors. I cooked modest dinners for myself
by the light of candles.
Evenings, when I could, I wrote in my journal.

Far, far away I heard cowbells
crossing the meadow.

CORNOUAILLES

Un mot tombe dans la brume
comme un ballon d'enfant dans l'herbe haute
où il reste séduisant
étincelant et scintillant jusqu'à ce que
les éclosions d'or s'avèrent n'être
que des renoncules des champs.

Mot/brume, mot/brume : il en était ainsi pour moi.
Et pourtant, mon silence n'était jamais complet –

Comme un rideau se levant sur une belle vue
parfois la brume s'éclaircissait : hélas, le jeu était terminé.
Le jeu était terminé et le mot avait été
quelque peu aplati par les éléments
de sorte qu'il était maintenant à la fois retrouvé et inutile.

Je louais, à l'époque, une maison à la campagne.
Les champs et les montagnes avaient remplacé les hauts immeubles.
Les champs, les vaches, les couchers de soleil sur les prairies humides.
La nuit et le jour se distinguaient par l'alternance des chants d'oiseaux,
les murmures affairés et les bruissements se fondant dans
quelque chose de semblable au silence.

Je m'asseyais, je me promenais. Quand la nuit arrivait,
je rentrais. Je me préparais de modestes dîners
à la lumière des chandelles.
Le soir, quand je pouvais, j'écrivais dans mon journal.

Au loin, très loin, j'entendais des cloches de vaches
à l'autre bout de la prairie.

The night grew quiet in its way.
I sensed the vanished words
lying with their companions,
like fragments of an unclaimed biography.

It was all, of course, a great mistake.
I was, I believed, facing the end:
like a fissure in a dirt road,
the end appeared before me—

as though the tree that confronted my parents
had become an abyss shaped like a tree, a black hole
expanding in the dirt, where by day
a simple shadow would have done.

It was, finally, a relief to go home.

When I arrived, the studio was filled with boxes.
Cartons of tubes, boxes of the various
objects that were my still lives,
the vases and mirrors, the blue bowl
I filled with wooden eggs.

As to the journal:
I tried. I persisted.
I moved my chair onto the balcony—

The streetlights were coming on,
lining the sides of the river.
The offices were going dark.
At the river's edge,
fog encircled the lights;

La nuit devenait silencieuse à sa manière.
Je sentais vaguement les mots disparus
qui reposaient avec leurs compagnons,
comme des fragments d'une biographie non revendiquée.

Tout cela était, bien sûr, une grande erreur.
J'étais, je crois, devant la fin :
comme une crevasse dans un chemin de terre,
la fin apparaissait devant moi –

comme si l'arbre qui avait affronté mes parents
était devenu un gouffre à forme d'arbre, un trou noir
s'élargissant dans la terre, là où de jour
on aurait vu une simple ombre.

Ce fut, enfin, un soulagement de rentrer chez moi.

Quand j'arrivai, le studio était rempli de boîtes.
Cartons de tubes, boîtes des divers
objets qui étaient mes natures mortes,
les vases et les miroirs, le bol bleu
dans lequel je mettais des œufs de bois.

Pour ce qui est du journal :
j'ai essayé. Je me suis obstiné.
J'ai mis mon fauteuil sur le balcon –

Les lumières de la rue arrivaient,
délinéant les bords du fleuve.
Les bureaux commençaient à s'éteindre.
Aux abords du fleuve,
le brouillard entourait les lumières ;

one could not, after a while, see the lights
but a strange radiance suffused the fog,
its source a mystery.

The night progressed. Fog
swirled over the lit bulbs.
I suppose that is where it was visible;
elsewhere, it was simply the way things were,
blurred where they had been sharp.

I shut my book.
It was all behind me, all in the past.

Ahead, as I have said, was silence.

I spoke to no one.
Sometimes the phone rang.

Day alternated with night, the earth and sky
taking turns being illuminated.

après quelque temps, on ne voyait plus les lumières
mais un rayonnement étrange se diffusait dans le brouillard,
sa source restant un mystère.

La nuit avançait. Le brouillard
tourbillonnait autour des ampoules allumées.
C'est-à-dire, je suppose, là où il était visible ;
ailleurs, les choses étaient simplement comme elles étaient,
floues alors qu'elles avaient été nettes.

Je fermai mon livre.
Tout était derrière moi, tout était dans le passé.

Devant, comme je l'ai dit, il y avait le silence.

Je ne parlais à personne.
Parfois le téléphone sonnait.

Le jour alternait avec la nuit, la terre et le ciel
s'illuminant tour à tour.

AFTERWORD

Reading what I have just written, I now believe
I stopped precipitously, so that my story seems to have
been
slightly distorted, ending, as it did, not abruptly
but in a kind of artificial mist of the sort
sprayed onto stages to allow for difficult set changes.

Why did I stop? Did some instinct
discern a shape, the artist in me
intervening to stop traffic, as it were?

A shape. Or fate, as the poets say,
intuited in those few long-ago hours—

I must have thought so once.
And yet I dislike the term
which seems to me a crutch, a phase,
the adolescence of the mind, perhaps—

Still, it was a term I used myself,
frequently to explain my failures.
Fate, destiny, whose designs and warnings
now seem to me simply
local symmetries, metonymic
baubles within immense confusion—

Chaos was what I saw.
My brush froze—I could not paint it.

ÉPILOGUE

Lisant ce que je viens d'écrire, je crois maintenant
que je me suis arrêté précipitamment, si bien que mon histoire
semble avoir été
légèrement déformée, en finissant, comme elle le faisait, non pas
abruptement
mais dans une sorte de brume artificielle du genre de celles
qu'on vaporise sur les scènes pour les changements de décors difficiles.

Pourquoi me suis-je arrêté ? Quelque instinct a-t-il
discerné une forme, l'artiste en moi
intervenant pour arrêter le flux, en quelque sorte ?

Une forme. Ou le sort, comme disent les poètes,
pointait dans ces quelques heures d'il y a longtemps –

Je dois l'avoir pensé un jour.
Et pourtant je n'aime pas le mot
qui me semble être une béquille, une phase,
l'adolescence de l'esprit, peut-être –

Quoi qu'il en soit, c'était le terme que j'employais moi-même,
fréquemment pour expliquer mes échecs.
Le sort, le destin, dont les plans et les avertissements
me semblent aujourd'hui n'être
que des symétries locales, des babioles
métonymiques à l'intérieur d'une immense confusion –

C'était le chaos que je voyais.
Mon pinceau s'immobilisait – je ne pouvais pas le peindre.

Darkness, silence: that was the feeling.

What did we call it then?
A "crisis of vision" corresponding, I believed,
to the tree that confronted my parents,

but whereas they were forced
forward into the obstacle,
I retreated or fled—

Mist covered the stage (my life).
Characters came and went, costumes were changed,
my brush hand moved side to side
far from the canvas,
side to side, like a windshield wiper.

Surely this was the desert, the dark night.
(In reality, a crowded street in London,
the tourists waving their colored maps.)

One speaks a word: *I*.
Out of this stream
the great forms—

I took a deep breath. And it came to me
the person who drew that breath
was not the person in my story, his childish hand
confidently wielding the crayon—

Had I been that person? A child but also
an explorer to whom the path is suddenly clear, for whom
the vegetation parts—

L'obscurité, le silence : voilà ce que je ressentais.

Comment alors appelions-nous cela ?
Une « crise de la vision », qui correspondait, je crois,
à l'arbre qui avait affronté mes parents,

mais tandis qu'ils étaient poussés
vers l'avant jusqu'à entrer dans l'obstacle,
je me retirais ou fuyais –

La brume couvrait la scène (ma vie).
Des personnages allaient et venaient, des costumes étaient changés,
la main dans laquelle je tenais le pinceau bougeait d'un côté à l'autre
loin de la toile,
d'un côté à l'autre, comme un essuie-glace.

C'était sûrement là le désert, la nuit noire.
(En réalité, une rue pleine de monde à Londres,
où les touristes agitaient leurs cartes colorées.)

Quelqu'un dit un mot : *je.*
De ce flux
les grandes formes –

Je pris une grande inspiration. Et il m'apparut
que la personne qui avait pris son souffle
n'était pas la personne de mon histoire, dont la main enfantine
maniait avec assurance le crayon –

Avais-je été cette personne ? Un enfant mais aussi
un explorateur pour qui la voie se dégage soudainement, devant qui
la végétation s'écarte –

And beyond, no longer screened from view, that exalted
solitude Kant perhaps experienced
on his way to the bridges—
(We share a birthday.)

Outside, the festive streets
were strung, in late January, with exhausted Christmas lights.
A woman leaned against her lover's shoulder
singing Jacques Brel in her thin soprano—

Bravo! the door is shut.
Now nothing escapes, nothing enters—

I hadn't moved. I felt the desert
stretching ahead, stretching (it now seems)
on all sides, shifting as I speak,

so that I was constantly
face-to-face with blankness, that
stepchild of the sublime,

which, it turns out,
has been both my subject and my medium.

What would my twin have said, had my thoughts
reached him?

Perhaps he would have said
in my case there was no obstacle (for the sake of argument)
after which I would have been
referred to religion, the cemetery where
questions of faith are answered.

Et au-delà, sans qu'elle soit plus voilée à la vue, cette solitude
exaltée dont Kant fit peut-être l'expérience
en marchant vers les ponts –
(Nous avons le même anniversaire.)

Dehors, les rues festives
étaient tendues, fin janvier, de lumières de Noël épuisées.
Une femme se reposait sur l'épaule de son amant
en chantant Jacques Brel de sa petite voix de soprano –

Bravo ! la porte est fermée.
Maintenant plus rien ne s'échappe, plus rien n'entre –

Je n'avais pas bougé. Je sentais le désert
s'étendre devant moi, s'étendre (me semble-t-il maintenant)
de tous les côtés, se déplaçant au moment où je parle,

de telle façon que j'étais perpétuellement
face à face avec la vacuité, cette
enfant par alliance du sublime,

qui, il s'avère,
a été à la fois mon sujet et mon médium.

Qu'aurait dit mon jumeau, si mes pensées
l'avaient atteint ?

Peut-être aurait-il dit
que dans mon cas il n'y avait pas d'obstacle (par pure hypothèse)
après quoi j'aurais été
renvoyé à la religion, le cimetière où
les questions de foi reçoivent des réponses.

The mist had cleared. The empty canvases
were turned inward against the wall.

The little cat is dead (so the song went).

Shall I be raised from death, the spirit asks.
And the sun says yes.
And the desert answers
your voice is sand scattered in wind.

La brume s'était levée. Les toiles vides
étaient retournées contre le mur.

Le petit chat est mort (disait la chanson).

Serai-je ressuscité de la mort, demande l'esprit.
Et le soleil dit oui.
Et le désert répond
ta voix n'est que du sable dispersé dans le vent.

MIDNIGHT

At last the night surrounded me;
I floated on it, perhaps in it,
or it carried me as a river carries
a boat, and at the same time
it swirled above me,
star-studded but dark nevertheless.

These were the moments I lived for.
I was, I felt, mysteriously lifted above the world
so that action was at last impossible
which made thought not only possible but limitless.

It had no end. I did not, I felt,
need to do anything. Everything
would be done for me, or done to me,
and if it was not done, it was not
essential.

I was on my balcony.
In my right hand I held a glass of Scotch
in which two ice cubes were melting.

Silence had entered me.
It was like the night, and my memories—they were like stars
in that they were fixed, though of course
if one could see as do the astronomers
one would see they are unending fires, like the fires of hell.
I set my glass on the iron railing.

MINUIT

Enfin la nuit m'enveloppait ;
Je flottais dessus, peut-être dedans,
ou elle me portait comme une rivière porte
un bateau, et en même temps
elle tourbillonnait au-dessus de moi,
parsemée d'étoiles mais néanmoins obscure.

C'était pour des moments comme celui-là que je vivais.
Je sentais que j'étais mystérieusement soulevée au-dessus du monde
de telle sorte que l'action était enfin impossible
ce qui rendait la pensée non seulement possible mais sans limites.

Cela n'avait pas de fin. Je sentais que je n'avais pas
besoin de faire quoi que ce soit. Tout
serait fait pour moi, ou me serait fait,
et si ce n'était pas fait, c'est que ce n'était pas
essentiel.

J'étais sur mon balcon.
Dans ma main droite je tenais un verre de whisky
dans lequel deux glaçons fondaient.

Le silence était entré en moi.
Il était comme la nuit, et mes souvenirs – ils étaient comme des
étoiles
en ceci qu'ils étaient fixes, même si, bien sûr,
si l'on pouvait voir à la façon des astronomes
on verrait que ce sont des feux qui ne s'éteignent jamais, comme
les feux de l'enfer.
Je posai mon verre sur la rambarde de fer.

Below, the river sparkled. As I said,
everything glittered—the stars, the bridge lights, the important
illumined buildings that seemed to stop at the river
then resume again, man's work
interrupted by nature. From time to time I saw
the evening pleasure boats; because the night was warm,
they were still full.

This was the great excursion of my childhood.
The short train ride culminating in a gala tea by the river,
then what my aunt called our promenade,
then the boat itself that cruised back and forth over the dark
  water—

The coins in my aunt's hand passed into the hand of the captain.
I was handed my ticket, each time a fresh number.
Then the boat entered the current.

I held my brother's hand.
We watched the monuments succeeding one another
always in the same order
so that we moved into the future
while experiencing perpetual recurrences.

The boat traveled up the river and then back again.
It moved through time and then
through a reversal of time, though our direction
was forward always, the prow continuously
breaking a path in the water.

En contrebas, la rivière scintillait. Comme je l'ai dit,
tout étincelait – les étoiles, les lumières du pont, les grands
immeubles illuminés qui paraissaient s'arrêter à la rivière
puis recommencer, le travail de l'homme
interrompu par la nature. De temps en temps je voyais
les bateaux de plaisance du soir ; comme la nuit était chaude,
ils étaient encore pleins.

C'était là la grande excursion de mon enfance.
Le court voyage en train parachevé par un thé de gala au bord de la rivière,
puis ce que ma tante appelait notre promenade,
puis le bateau lui-même qui allait dans un sens et dans l'autre sur l'eau sombre –

Les pièces passaient de la main de ma tante à la main du capitaine.
On me tendait mon ticket, chaque fois un nouveau numéro.
Puis le bateau entrait dans le courant.

Je tenais la main de mon frère.
Nous regardions les monuments se succéder les uns aux autres
toujours dans le même ordre
de sorte que nous entrions dans le futur
tout en éprouvant de perpétuelles récurrences.

Le bateau remontait la rivière et puis la redescendait.
Il se déplaçait dans le temps et ensuite
dans une inversion du temps, même si nous nous dirigions
toujours vers l'avant, la proue creusant continuellement
un chemin dans l'eau.

It was like a religious ceremony
in which the congregation stood
awaiting, beholding,
and that was the entire point, the beholding.

The city drifted by,
half on the right side, half on the left.

See how beautiful the city is,
my aunt would say to us. Because
it was lit up, I expect. Or perhaps because
someone had said so in the printed booklet.

Afterward we took the last train.
I often slept, even my brother slept.
We were country children, unused to these intensities.
You boys are spent, my aunt said,
as though our whole childhood had about it
an exhausted quality.
Outside the train, the owl was calling.

How tired we were when we reached home.
I went to bed with my socks on.

The night was very dark.
The moon rose.
I saw my aunt's hand gripping the railing.

In great excitement, clapping and cheering,
the others climbed onto the upper deck
to watch the land disappear into the ocean—

C'était comme une cérémonie religieuse
pendant laquelle l'assemblée se tenait
dans l'attente, dans la contemplation,
et c'était là tout l'enjeu, la contemplation.

La ville dérivait à côté de nous,
une moitié à notre droite, une moitié à notre gauche.

Regarde comme la ville est belle,
nous disait ma tante. À cause
des lumières allumées, je suppose. Ou peut-être parce que
quelqu'un l'avait dit dans une plaquette imprimée.

Après cela nous prenions le dernier train.
Je dormais souvent, même mon frère dormait.
Nous étions des enfants de la campagne, peu habitués à ces intensités.
Les garçons, vous êtes dépensés, disait ma tante,
comme si notre enfance entière était comparable
à une qualité épuisée.
À l'extérieur du train, la chouette appelait.

Comme nous étions fatigués quand nous arrivions à la maison.
J'allais au lit avec mes chaussettes.

La nuit était très sombre.
La lune se levait.
Je voyais la main de ma tante serrer la rambarde.

Dans une grande excitation, applaudissant et acclamant,
les autres grimpaient sur le pont supérieur
pour regarder la terre disparaître dans l'océan –

THE SWORD IN THE STONE

My analyst looked up briefly.
Naturally I couldn't see him
but I had learned, in our years together,
to intuit these movements. As usual,
he refused to acknowledge
whether or not I was right. My ingenuity versus
his evasiveness: our little game.

At such moments, I felt the analysis
was flourishing: it seemed to bring out in me
a sly vivaciousness I was
inclined to repress. My analyst's
indifference to my performances
was now immensely soothing. An intimacy

had grown up between us
like a forest around a castle.

The blinds were closed. Vacillating
bars of light advanced across the carpeting.
Through a small strip above the windowsill,
I saw the outside world.

All this time I had the giddy sensation
of floating above my life. Far away
that life occurred. But was it
still occurring: that was the question.

Late summer: the light was fading.
Escaped shreds flickered over the potted plants.

L'ÉPÉE DANS LA PIERRE

Mon analyste leva brièvement les yeux.
Naturellement je ne pouvais pas le voir
mais j'avais appris, au cours des années passées ensemble,
à avoir l'intuition de ces mouvements. Comme d'habitude,
il refusa de dire
si j'avais raison ou pas. Mon ingénuité contre
sa manière évasive : notre petit jeu.

Dans de tels moments, je sentais que l'analyse
était florissante : elle semblait encourager en moi
une espiègle exubérance que j'étais
enclin à refouler. L'indifférence
de mon analyste à l'égard de mes prestations
était maintenant réconfortante au plus haut point. Une intimité

avait grandi entre nous
comme une forêt autour d'un château.

Les stores étaient baissés. Des barres de lumière
vacillantes avançaient sur la moquette.
À travers une petite bande au-dessus du rebord de la fenêtre,
je voyais le monde extérieur.

Pendant tout ce temps j'avais la sensation étourdissante
de flotter au-dessus de ma vie. Au loin
cette vie avait lieu. Mais avait-elle
encore lieu : telle était la question.

Fin d'été : la lumière diminuait.
Des lambeaux échappés dansaient sur les plantes en pot.

The analysis was in its seventh year.
I had begun to draw again—
modest little sketches, occasional
three-dimensional constructs
modeled on functional objects—

And yet, the analysis required
much of my time. From what
was this time deducted: that
was also the question.

I lay, watching the window,
long intervals of silence alternating
with somewhat listless ruminations
and rhetorical questions—

My analyst, I felt, was watching me.
So, in my imagination, a mother stares at her sleeping child,
forgiveness preceding understanding.

Or, more likely, so my brother must have gazed at me—
perhaps the silence between us prefigured
this silence, in which everything that remained unspoken
was somehow shared. It seemed a mystery.

Then the hour was over.

I descended as I had ascended;
the doorman opened the door.

L'analyse était dans sa septième année.
J'avais recommencé à dessiner –
d'humbles petites esquisses, d'occasionnelles
constructions tridimensionnelles
calquées sur des objets fonctionnels –

Et pourtant, l'analyse me demandait
beaucoup de mon temps. De quoi
ce temps était-il déduit : telle
était également la question.

J'étais allongé, je regardais la fenêtre,
de longs intervalles de silence alternaient
avec des ruminations un peu molles
et des questions rhétoriques –

Je sentais que mon analyste me regardait.
Comme, dans mon imagination, une mère contemple son enfant
endormi,
la mansuétude précédant la compréhension.

Ou, mieux encore, comme mon frère devait m'avoir regardé –
peut-être le silence entre nous préfigurait-il
ce silence, dans lequel tout ce qui demeurait tacite
était partagé d'une certaine manière. Cela semblait être un mystère.

Puis l'heure était écoulée.

Je descendais comme j'étais monté ;
le portier ouvrait la porte.

The mild weather of the day had held.
Above the shops, striped awnings had unfurled
protecting the fruit.

Restaurants, shops, kiosks
with late newspapers and cigarettes.
The insides grew brighter
as the outside grew darker.

Perhaps the drugs were working?
At some point, the streetlights came on.

I felt, suddenly, a sense of cameras beginning to turn;
I was aware of movement around me, my fellow beings
driven by a mindless fetish for action—

How deeply I resisted this!
It seemed to me shallow and false, or perhaps
partial and false—
Whereas truth—well, truth as I saw it
was expressed as stillness.

I walked awhile, staring into the windows of the galleries—
my friends had become famous.

I could hear the river in the background,
from which came the smell of oblivion
interlaced with potted herbs from the restaurants—

I had arranged to join an old acquaintance for dinner.
There he was at our accustomed table;
the wine was poured; he was engaged with the waiter,
discussing the lamb.

La douceur du jour s'était maintenue.
Au-dessus des magasins, des auvents rayés s'étaient déployés
et protégeaient les fruits.

Restaurants, magasins, kiosques
avec des journaux récents et des cigarettes.
Les intérieurs se faisaient plus clairs
à mesure que l'extérieur se faisait plus sombre.

Peut-être les médicaments faisaient-ils effet ?
À un moment, les lumières de la rue s'allumèrent.

J'eus, soudain, une impression de caméras commençant à tourner ;
J'étais conscient du mouvement autour de moi, mes semblables
étant mus par un fétichisme inintelligent de l'action –

Combien profondément j'ai résisté à cela !
Je trouvais que c'était superficiel et faux, ou peut-être
limité et faux –
Alors que la vérité – enfin, la vérité telle que je la voyais
se trouvait exprimée dans la stabilité.

Je marchai un moment, en scrutant à travers les vitrines des galeries –
mes amis étaient devenus célèbres.

Je pouvais entendre la rivière en arrière-plan,
d'où venait une odeur d'oubli
entremêlée d'herbes en pot provenant des restaurants –

J'avais prévu de retrouver une vieille connaissance pour dîner.
Il était assis à notre table habituelle ;
le vin était servi ; il s'entretenait avec le serveur,
ils parlaient de l'agneau.

As usual, a small argument erupted over dinner, ostensibly
concerning aesthetics. It was allowed to pass.

Outside, the bridge glittered.
Cars rushed back and forth, the river
glittered back, imitating the bridge. Nature
reflecting art: something to that effect.
My friend found the image potent.

He was a writer. His many novels, at the time,
were much praised. One was much like another.
And yet his complacency disguised suffering
as perhaps my suffering disguised complacency.
We had known each other many years.

Once again, I had accused him of laziness.
Once again, he flung the word back—

He raised his glass and turned it upside-down.
This is your purity, he said,
this is your perfectionism—
The glass was empty; it left no mark on the tablecloth.

The wine had gone to my head.
I walked home slowly, brooding, a little drunk.
The wine had gone to my head, or was it
the night itself, the sweetness at the end of summer?

Comme d'habitude, une petite dispute éclata pendant le dîner,
apparemment
à propos d'esthétique. On la laissa passer.

À l'extérieur, le pont étincelait.
Des voitures se précipitaient dans un sens et dans l'autre, la rivière
étincelait en retour, elle imitait le pont. La nature
reflétait l'art : quelque chose de cet ordre.
Mon ami trouva l'image forte.

Il était écrivain. Ses nombreux romans, à l'époque,
étaient très acclamés. Ils ressemblaient beaucoup les uns aux
autres.
Et pourtant sa suffisance dissimulait de la souffrance
comme peut-être ma souffrance dissimulait de la suffisance.
Nous nous connaissions depuis de nombreuses années.

Une fois de plus, je l'avais accusé de paresse.
Une fois de plus, il me renvoya le mot –

Il leva son verre et le retourna tête en bas.
Voici ta pureté, dit-il,
voici ton perfectionnisme –
Le verre était vide ; il ne laissa aucune trace sur la nappe.

Le vin m'était monté à la tête.
Je rentrai à la maison lentement, en ressassant, un peu ivre.
Le vin m'était monté à la tête, ou était-ce
la nuit elle-même, la douceur à la fin de l'été ?

It is the critics, he said,
the critics have the ideas. We artists
(he included me)—we artists
are just children at our games.

Ce sont les critiques, dit-il,
les critiques ont les idées. Nous les artistes
(il m'incluait) – nous les artistes
nous ne sommes que des enfants à nos jeux.

FORBIDDEN MUSIC

After the orchestra had been playing for some time, and had passed the andante, the scherzo, the poco adagio, and the first flautist had put his head on the stand because he would not be needed until tomorrow, there came a passage that was called the forbidden music because it could not, the composer specified, be played. And still it must exist and be passed over, an interval at the discretion of the conductor. But tonight, the conductor decides, it must be played—he has a hunger to make his name. The flautist wakes with a start. Something has happened to his ears, something he has never felt before. His sleep is over. Where am I now, he thinks. And then he repeated it, like an old man lying on the floor instead of in his bed. Where am I now?

MUSIQUE INTERDITE

Après que l'orchestre eut joué pendant un certain temps, et eut passé l'andante, le scherzo, le poco adagio, et que le premier flûtiste eut posé sa tête sur le pupitre parce qu'on n'aurait plus besoin de lui avant demain, alors arriva un passage qui était appelé la musique interdite parce qu'il ne pouvait pas, le compositeur l'avait spécifié, être joué. Et pourtant il devait exister et être passé sous silence, intervalle laissé à la discrétion du chef d'orchestre. Mais ce soir, décide le chef d'orchestre, le passage doit être joué – il veut à tout prix se faire un nom. Le flûtiste se réveille en sursaut. Quelque chose lui est arrivé aux oreilles, quelque chose qu'il n'a jamais ressenti auparavant. Il a fini de dormir. Où suis-je maintenant, pense-t-il. Et puis il le répéta, comme un vieil homme étendu sur le sol au lieu d'être dans son lit. Où suis-je maintenant ?

THE OPEN WINDOW

An elderly writer had formed the habit of writing the words THE END on a piece of paper before he began his stories, after which he would gather a stack of pages, typically thin in winter when the daylight was brief, and comparatively dense in summer when his thought became again loose and associative, expansive like the thought of a young man. Regardless of their number, he would place these blank pages over the last, thus obscuring it. Only then would the story come to him, chaste and refined in winter, more free in summer. By these means he had become an acknowledged master.

He worked by preference in a room without clocks, trusting the light to tell him when the day was finished. In summer, he liked the window open. How then, in summer, did the winter wind enter the room? You are right, he cried out to the wind, this is what I have lacked, this decisiveness and abruptness, this surprise—O, if I could do this I would be a god! And he lay on the cold floor of the study watching the wind stirring the pages, mixing the written and unwritten, the end among them.

LA FENÊTRE OUVERTE

Un vieil écrivain avait pris l'habitude d'écrire le mot FIN sur un bout de papier avant de commencer ses histoires, après quoi il prenait un paquet de feuilles, généralement mince en hiver quand les jours étaient courts, et comparativement épais en été quand sa pensée redevenait souple et associative, abondante comme la pensée d'un jeune homme. Quel que soit leur nombre, il plaçait ces feuilles blanches sur la dernière, la dissimulant par là même. Alors seulement l'histoire lui arrivait, chaste et raffinée en hiver, plus libre en été. C'est ainsi qu'il était devenu un maître reconnu.

Il travaillait de préférence dans une pièce sans horloges, se fiant à la lumière pour savoir quand le jour était fini. En été, il aimait avoir la fenêtre ouverte. Comment donc, en été, le vent de l'hiver pénétrait-il la pièce ? Vous avez raison, cria-t-il au vent, c'est cela que j'ai manqué, cet aspect définitif et abrupt, cette surprise – Oh, si je pouvais faire ça je serais un dieu ! Et il s'allongea sur le sol froid de l'étude, regardant le vent battre les feuilles, mêlant celles qui étaient écrites et celles qui n'étaient pas écrites, la fin se trouvant parmi elles.

THE MELANCOLY ASSISTANT

I had an assistant, but he was melancholy,
so melancholy it interfered with his duties.
He was to open my letters, which were few,
and answer those that required answers,
leaving a space at the bottom for my signature.
And under my signature, his own initials,
in which formality, at the outset, he took great pride.
When the phone rang, he was to say
his employer was at the moment occupied,
and offer to convey a message.

After several months, he came to me.
Master, he said (which was his name for me),
I have become useless to you; you must turn me out.
And I saw that he had packed his bags
and was prepared to go, though it was night
and the snow was falling. My heart went out to him.
Well, I said, if you cannot perform these few duties,
what can you do? And he pointed to his eyes,
which were full of tears. I can weep, he said.
Then you must weep for me, I told him,
as Christ wept for mankind.

Still he was hesitant.
Your life is enviable, he said;
what must I think of when I cry?
And I told him of the emptiness of my days,
and of time, which was running out,
and of the meaninglessness of my achievement,

L'ASSISTANT MÉLANCOLIQUE

J'avais un assistant, mais il était mélancolique,
si mélancolique que cela interférait avec ses obligations.
Il devait ouvrir mes lettres, qui étaient peu nombreuses,
et répondre à celles qui demandaient une réponse,
en laissant un espace au bas de la page pour ma signature.
Et sous ma signature, ses propres initiales,
formalité dont, au commencement, il tirait une grande fierté.
Quand le téléphone sonnait, il devait dire
que son employeur était occupé pour le moment,
et proposer de transmettre un message.

Après plusieurs mois, il vint me trouver.
Maître, dit-il (c'était le nom qu'il me donnait),
j'ai perdu toute utilité pour vous ; il faut me renvoyer.
Et je vis qu'il avait préparé ses bagages
et qu'il était prêt à partir, même s'il faisait nuit
et que la neige tombait. Mon cœur s'ouvrit à lui.
Bien, dis-je, si vous ne pouvez plus remplir vos quelques obligations,
que pouvez-vous faire ? Et il me montra ses yeux,
qui étaient pleins de larmes. Je peux pleurer, dit-il.
Alors il faut pleurer pour moi, lui dis-je,
comme le Christ a pleuré pour l'humanité.

Il restait hésitant.
Votre vie est enviable, dit-il ;
à quoi devrai-je penser quand je pleurerai ?
Alors je lui parlai de la vacuité de mes journées,
et du temps, qui venait à manquer,
et de l'insignifiance de ma réussite,

and as I spoke I had the odd sensation
of once more feeling something
for another human being—

He stood completely still.
I had lit a small fire in the fireplace;
I remember hearing the contented murmurs of the dying
logs—

Master, he said, you have given
meaning to my suffering.

It was a strange moment.
The whole exchange seemed both deeply fraudulent
and profoundly true, as though such words as emptiness and
meaninglessness
had stimulated some remembered emotion
which now attached itself to this occasion and person.

His face was radiant. His tears glinted
red and gold in the firelight.
Then he was gone.

Outside the snow was falling,
the landscape changing into a series
of bland generalizations
marked here and there with enigmatic
shapes where the snow had drifted.
The street was white, the various trees were white—
Changes of the surface, but is that not really
all we ever see?

et tout en parlant j'eus la sensation étrange
de ressentir une fois de plus quelque chose
pour un autre être humain –

Il était complètement immobile.
J'avais allumé un petit feu dans la cheminée ;
je me rappelle avoir entendu le murmure contenu des bûches
    mourantes –

Maître, dit-il, vous avez donné
du sens à ma souffrance.

C'était un moment étrange.
L'échange entier semblait être à la fois foncièrement malhonnête
et profondément vrai, comme si des mots tels que vacuité et
    insignifiance
avaient stimulé quelque émotion ressouvenue
qui maintenant était attachée à cette situation et à cette personne.

Son visage était rayonnant. Ses larmes luisaient
rouges et dorées dans la lumière des flammes.
Puis il ne fut plus là.

À l'extérieur la neige tombait,
le paysage changeait en une série
d'uniformisations sans aspérités
marquées ici et là par d'énigmatiques
formes où la neige s'était déposée.
La rue était blanche, les divers arbres étaient blancs –
Changements de surface, mais n'est-ce pas là en fait
tout ce que nous pouvons voir ?

I found the stairs somewhat more difficult than I had expected and so I sat down, so to speak, in the middle of the journey. Because there was a large window opposite the railing, I was able to entertain myself with the little dramas and comedies of the street outside, though no one I knew passed by, no one, certainly, who could have assisted me. Nor were the stairs themselves in use, as far as I could see. You must get up, my lad, I told myself. Since this seemed suddenly impossible, I did the next best thing: I prepared to sleep, my head and arms on the stair above, my body crouched below. Sometime after this, a little girl appeared at the top of the staircase, holding the hand of an elderly woman. Grandmother, cried the little girl, there is a dead man on the staircase! We must let him sleep, said the grandmother. We must walk quietly by. He is at that point in life at which neither returning to the beginning nor advancing to the end seems bearable; therefore, he has decided to stop, here, in the midst of things, though this makes him an obstacle to others, such as ourselves. But we must not give up hope; in my own life, she continued, there was such a time, though that was long ago. And here, she let her granddaughter walk in front of her so they could pass me without disturbing me.

I would have liked to hear the whole of her story, since she seemed, as she passed by, a vigorous woman, ready to take pleasure in life, and at the same time forthright, without illusions. But soon their voices faded into whispers, or they were far away. Will we see him when we return, the child murmured. He will be long gone by then, said her grandmother, he will have finished climbing up or down, as the case may be. Then I will say

UN TRAJET ÉCOURTÉ

Je trouvai les escaliers un peu plus durs que ce que j'avais imaginé, alors je m'assis, pour ainsi dire, au milieu du trajet. Comme il y avait une grande fenêtre face à la rambarde, je pouvais me divertir avec les petits drames et comédies de la rue, même si personne de mon entourage ne passait, personne, certainement, qui eût pu m'aider. Les escaliers non plus n'étaient pas empruntés, pour ce que je pouvais en voir. Il faut te lever, mon gars, me dis-je. Comme cela paraissait soudain impossible, je fis la meilleure chose qui restait à faire : je me préparai à dormir, la tête et les bras sur la marche du dessus, le corps ramassé en dessous. Quelque temps après cela, une petite fille apparut en haut de l'escalier, tenant la main d'une vieille femme. Grand-mère, cria l'enfant, il y a un homme mort dans l'escalier ! Il faut le laisser dormir, dit la grand-mère. Il faut passer discrètement à côté de lui. Il est à ce stade de la vie où ni retourner au commencement ni avancer vers la fin ne semble supportable ; c'est pourquoi il a décidé de s'arrêter, là, au milieu des choses, bien que cela fasse de lui un obstacle pour les autres, comme il l'est pour nous. Mais il ne faut pas perdre espoir ; dans ma propre vie, continua-t-elle, il y eut un moment comme celui-là, même si c'était il y a longtemps. Sur ces mots, elle laissa sa petite-fille marcher devant elle de façon à ce qu'elles puissent passer à côté de moi sans me déranger.

J'aurais aimé entendre son histoire tout entière, puisqu'elle avait l'air, alors qu'elle passait à côté de moi, d'être une femme vigoureuse, prête à prendre du plaisir à vivre, et en même temps droite, sans illusions. Mais bientôt leurs voix se firent basses jusqu'au chuchotement, ou alors elles étaient loin. Le verrons-nous en revenant, murmura l'enfant. Il sera parti depuis longtemps à ce moment-là, dit sa grand-mère, il aura fini de monter ou de descendre, selon sa situation. Alors je vais lui dire

goodbye now, said the little girl. And she knelt below me, chanting a prayer I recognized as the Hebrew prayer for the dead. Sir, she whispered, my grandmother tells me you are not dead, but I thought perhaps this would soothe you in your terrors, and I will not be here to sing it at the right time.

When you hear this again, she said, perhaps the words will be less intimidating, if you remember how you first heard them, in the voice of a little girl.

au revoir maintenant, dit la petite fille. Et elle s'agenouilla en dessous de moi, psalmodiant une prière que je reconnus être la prière des Hébreux pour les morts. Monsieur, chuchota-t-elle, ma grand-mère me dit que vous n'êtes pas mort, mais j'ai pensé que peut-être cela apaiserait vos terreurs, et je ne serai pas là pour la chanter au bon moment.

Quand vous entendrez à nouveau cela, dit-elle, peut-être les mots seront-ils moins impressionnants, si vous vous rappelez comment vous les avez entendus la première fois, à travers la voix d'une petite fille.

APPROACH OF THE HORIZON

One morning I awoke unable to move my right arm.
I had, periodically, suffered from considerable
pain on that side, in my painting arm,
but in this instance there was no pain.
Indeed, there was no feeling.

My doctor arrived within the hour.
There was immediately the question of other doctors,
various tests, procedures—
I sent the doctor away
and instead hired the secretary who transcribes these notes,
whose skills, I am assured, are adequate to my needs.
He sits beside the bed with his head down,
possibly to avoid being described.

So we begin. There is a sense
of gaiety in the air,
as though birds were singing.
Through the open window come gusts of sweet scented air.

My birthday (I remember) is fast approaching.
Perhaps the two great moments will collide
and I will see my selves meet, coming and going—
Of course, much of my original self
is already dead, so a ghost would be forced
to embrace a mutilation.

The sky, alas, is still far away,
not really visible from the bed.

APPROCHE DE L'HORIZON

Un matin je fus incapable au réveil de bouger mon bras droit.
Il m'était arrivé, par moments, d'éprouver une très grande
douleur de ce côté-là, dans mon bras qui peint,
mais cette fois-ci il n'y avait pas de douleur.
De fait, il n'y avait aucune sensation.

Mon médecin arriva dans l'heure.
Il fut immédiatement question d'autres médecins,
de divers tests, de procédures –
Je renvoyai le médecin
et engageai à la place le secrétaire qui prend ces notes,
dont les compétences, m'a-t-on assuré, sont adaptées à mes besoins.
Il est assis à côté du lit et baisse la tête,
sans doute pour éviter d'être décrit.

Nous commençons donc. Il y a une impression
de gaieté dans l'air,
comme si les oiseaux chantaient.
Par la fenêtre ouverte arrivent des bouffées d'air doux et parfumé.

Mon anniversaire (je me rappelle) approche à grands pas.
Peut-être que les deux grands moments vont entrer en collision
et que je verrai mes deux moi se rencontrer, allant et venant –
Bien sûr, une bonne partie de mon moi originel
est déjà morte, si bien qu'un fantôme serait obligé
d'étreindre un être mutilé.

Le ciel, hélas, est encore loin,
on ne peut pas vraiment le voir du lit.

It exists now as a remote hypothesis,
a place of freedom utterly unconstrained by reality.
I find myself imagining the triumphs of old age,
immaculate, visionary drawings
made with my left hand—
"left," also, as "remaining."

The window is closed. Silence again, multiplied.
And in my right arm, all feeling departed.
As when the stewardess announces the conclusion
of the audio portion of one's in-flight service.

Feeling has departed—it occurs to me
this would make a fine headstone.

But I was wrong to suggest
this has occurred before.
In fact, I have been hounded by feeling;
it is the gift of expression
that has so often failed me.
Failed me, tormented me, virtually all my life.

The secretary lifts his head,
filled with the abstract deference
the approach of death inspires.
It cannot help, really, but be thrilling,
this emerging of shape from chaos.

A machine, I see, has been installed by my bed
to inform my visitors
of my progress toward the horizon.
My own gaze keeps drifting toward it,

Il existe maintenant comme une hypothèse lointaine,
un lieu de liberté parfaitement dégagé des contraintes de la réalité.
Je me retrouve en train d'imaginer les triomphes de la vieillesse,
dessins immaculés et visionnaires
faits avec ma main gauche –
main gauche qui est celle, aussi, qui me reste.

La fenêtre est fermée. Silence à nouveau, démultiplié.
Et dans mon bras droit, toute sensation envolée.
Comme quand l'hôtesse de l'air annonce la fin
du programme audio de service à bord.

La sensation s'est envolée – je me rends compte
que cela ferait une bonne pierre tombale.

Mais j'ai eu tort de laisser entendre
que cela était déjà arrivé.
En réalité, j'ai été harcelé par les sensations ;
c'est le don de m'exprimer
qui m'a si souvent fait défaut.
Qui m'a fait défaut, qui m'a tourmenté, presque toute ma vie.

Le secrétaire lève la tête,
empli de la révérence abstraite
que l'approche de la mort inspire.
Cela ne peut pas, vraiment, ne pas être excitant,
cette émergence de la forme dans le chaos.

Je vois qu'une machine a été installée à côté de mon lit
pour renseigner mes visiteurs
sur ma progression vers l'horizon.
Mon propre regard ne cesse de dériver vers elle,

the unstable line gently
ascending, descending,
like a human voice in a lullaby.

And then the voice grows still.
At which point my soul will have merged
with the infinite, which is represented
by a straight line,
like a minus sign.

I have no heirs
in the sense that I have nothing of substance
to leave behind.
Possibly time will revise this disappointment.
Those who know me well will find no news here;
I sympathize. Those to whom
I am bound by affection
will forgive, I hope, the distortions
compelled by the occasion.

I will be brief. This concludes,
as the stewardess says,
our short flight.

And all the persons one will never know
crowd into the aisle, and all are funneled
into the terminal.

avec sa ligne instable qui doucement
monte, descend,
comme une voix humaine dans une berceuse.

Et puis la voix se calme.
À ce stade mon âme se sera fondue
dans l'infini, qui est représenté
par une ligne droite,
comme un signe moins.

Je n'ai pas d'héritiers
en ce sens que je n'ai rien qui ait de la valeur
à laisser derrière moi.
Peut-être le temps corrigera-t-il cette déconvenue.
Ceux qui me connaissent bien n'apprendront rien ici ;
je compatis. Ceux à qui
je suis lié par l'affection
pardonneront, j'espère, les déformations
imposées par l'occasion.

Je serai bref. C'est la fin,
comme dit l'hôtesse de l'air,
de notre court voyage.

Et toutes les personnes qu'on ne connaîtra jamais
sont entassées dans l'allée, et toutes sont poussées en entonnoir
vers le terminal.

One day continuously followed another.
Winter passed. The Christmas lights came down
together with the shabby stars
strung across the various shopping streets.
Flower carts appeared on the wet pavements,
the metal pails filled with quince and anemones.

The end came and went.
Or should I say, at intervals the end approached;
I passed through it like a plane passing through a cloud.
On the other side, the vacant sign still glowed above the
   lavatory.

My aunt died. My brother moved to America.

On my wrist, the watch face glistened in the false darkness
(the movie was being shown).
This was its special feature, a kind of bluish throbbing
which made the numbers easy to read, even in the absence
   of light.
Princely, I always thought.

And yet the serene transit of the hour hand
no longer represented my perception of time
which had become a sense of immobility
expressed as movement across vast distances.

The hand moved;
the twelve, as I watched, became the one again.

LA SÉRIE BLANCHE

Un jour succédait continuellement à un autre.
L'hiver passa. Les lumières de Noël tombèrent
en même temps que les étoiles miteuses
accrochées en travers des diverses rues commerçantes.
Des chariots de fleurs firent leur apparition sur les trottoirs mouillés
les seaux de métal remplis de cognassiers et d'anémones.

La fin allait et venait.
Ou devrais-je dire, par intervalles la fin approchait ;
je passais à travers elle comme un avion à travers un nuage.
De l'autre côté, le voyant libre continuait de luire au-dessus des
   toilettes.

Ma tante mourut. Mon frère partit pour l'Amérique.

Sur mon poignet, le cadran de la montre scintillait dans la fausse
   obscurité
(le film était en train de passer).
C'était sa particularité, une sorte de palpitation bleuâtre
qui rendait les numéros faciles à lire, même en l'absence de lumière.
Princier, ai-je toujours pensé.

Et pourtant le mouvement serein de la petite aiguille
ne représentait plus ma perception du temps
qui était devenue un sentiment d'immobilité
se manifestant comme un mouvement à travers de grandes distances.

L'aiguille bougeait ;
le douze, tandis que je regardais, devint un à nouveau.

Whereas time was now this environment in which
I was contained with my fellow passengers,
as the infant is contained in his sturdy crib
or, to stretch the point, as the unborn child
wallows in his mother's womb.

Outside the womb, the earth had fallen away;
I could see flares of lightning striking the wing.

When my funds were gone,
I went to live for a while
in a small house on my brother's land
in the state of Montana.

I arrived in darkness;
at the airport, my bags were lost.

It seemed to me I had moved
not horizontally but rather from a very low place
to something very high,
perhaps still in the air.

Indeed, Montana was like the moon—
My brother drove confidently over the icy road,
from time to time stopping to point out
some rare formation.

We were, in the main, silent.
It came to me we had resumed
the arrangements of childhood,
our legs touching, the steering wheel
now substituting for the book.

Alors que le temps était devenu cet environnement dans lequel
j'étais contenu avec les autres passagers,
comme le nouveau-né est contenu dans son solide berceau
ou, pour étirer l'idée, comme l'enfant à naître
se complaît dans le ventre de sa mère.

À l'extérieur du ventre, la terre s'était évanouie ;
je pouvais voir des éclats de lumière frapper l'aile.

Lorsque mes ressources furent épuisées,
je m'en fus vivre pour un moment
dans une petite maison sur les terres de mon frère
dans l'État du Montana.

J'arrivai dans l'obscurité ;
à l'aéroport, mes bagages étaient perdus.

Il me sembla que je m'étais déplacé
non pas horizontalement, mais plutôt d'un lieu très bas
vers quelque chose de très haut,
qui était peut-être encore en l'air.

En effet, le Montana était comme la lune –
Mon frère conduisait avec assurance sur la route glacée,
s'arrêtant de temps en temps pour signaler
quelque rare concrétion.

Nous étions, dans l'ensemble, silencieux.
Je me rendis compte que nous avions repris
les arrangements de l'enfance,
nos jambes se touchant, le volant
se substituant maintenant au livre.

And yet, in the deepest sense, they were interchangeable:
had not my brother always been steering,
both himself and me, out of our bleak bedroom
into a night of rocks and lakes
punctuated with swords sticking up here and there—

The sky was black. The earth was white and cold.

I watched the night fading. Above the white snow
the sun rose, turning the snow a strange pinkish color.

Then we arrived.
We stood awhile in the cold hall, waiting for the heat to start.
My brother wrote down my list of groceries.
Across my brother's face,
waves of sadness alternated with waves of joy.

I thought, of course, of the house in Cornwall.
The cows, the monotonous summery music of the bells—

I felt, as you will guess, an instant of stark terror.

And then I was alone.
The next day, my bags arrived.

I unpacked my few belongings.
The photograph of my parents on their wedding day
to which was now added
a photograph of my aunt in her aborted youth, a souvenir
she had cherished and passed on to me.

Et pourtant, dans le sens le plus profond, ils étaient interchangeables :
mon frère n'avait-il pas toujours été en train de nous conduire,
lui et moi, hors de notre chambre morne
dans une nuit de rochers et de lacs
jalonnée d'épées se dressant çà et là –

Le ciel était noir. La terre était blanche et froide.

Je regardai la nuit s'estomper. Au-dessus de la neige blanche
le soleil se levait, changeant la couleur de la neige en une étrange
teinte rosée.

Alors nous arrivâmes.
Nous restâmes un moment dans le hall froid, à attendre que le
chauffage se mette en route.
Mon frère écrivit ma liste de courses.
Sur le visage de mon frère,
des vagues de tristesse alternaient avec des vagues de joie.

Je pensai, bien sûr, à la maison en Cornouailles.
Les vaches, la monotone musique estivale des cloches –

Je connus, comme vous pourrez l'imaginer, un instant de terreur pure.

Et puis je fus seul.
Le jour suivant, mes bagages arrivèrent.

Je déballai mes quelques affaires.
La photographie de mes parents le jour de leur mariage
à laquelle s'ajoutait maintenant
une photographie de ma tante dans sa jeunesse avortée, un souvenir
qu'elle avait chéri et m'avait transmis.

Beyond these, only toiletries and medications,
together with my small collection of winter clothes.

My brother brought me books and journals.
He taught me various new world skills
for which I would soon have no use.

And yet this was to me the new world:
there was nothing, and nothing was supposed to happen.
The snow fell. Certain afternoons,
I gave drawing lessons to my brother's wife.

At some point, I began to paint again.

It was impossible to form
any judgment of the work's value.
Suffice to say the paintings were
immense and entirely white. The paint had been
applied thickly, in great irregular strokes—

Fields of white and glimpses, flashes
of blue, the blue of the western sky,
or what I called to myself
watch-face blue. It spoke to me of another world.

I have led my people, it said,
into the wilderness
where they will be purified.

My brother's wife would stand mesmerized.
Sometimes my nephew came

Outre cela, rien que des produits de toilette et des médicaments,
ainsi que ma petite collection de vêtements d'hiver.

Mon frère m'apporta des livres et des journaux.
Il m'enseigna diverses pratiques du nouveau monde
dont je n'aurais bientôt plus l'utilité.

Et pourtant c'est cela qui était pour moi le nouveau monde :
il n'y avait rien, et rien n'était censé survenir.
La neige tombait. Certaines après-midi,
je donnais des cours de dessin à la femme de mon frère.

À un moment donné, je recommençai à peindre.

Il était impossible de former
aucun jugement sur la valeur de l'œuvre.
Il suffit de dire que les tableaux étaient
immenses et entièrement blancs. La peinture avait été
appliquée en couches épaisses, par grands coups de pinceau
irréguliers –

Des étendues de blanc et d'étincelles, des éclairs
de bleu, le bleu du ciel occidental,
ou ce que j'appelais pour moi-même
le bleu cadran de montre. Il me parlait d'un autre monde.

J'ai mené les miens, disait-il,
jusqu'au monde sauvage
où ils seront purifiés.

La femme de mon frère restait debout, fascinée.
Parfois mon neveu venait

(he would soon become my life companion).
I see, she would say, the face of a child.

She meant, I think, that feelings emanated from the surface,
feelings of helplessness or desolation—

Outside, the snow was falling.
I had been, I felt, accepted into its stillness.
And at the same time, each stroke was a decision,
not a conscious decision, but a decision nevertheless,
as when, for example, the murderer pulls the trigger.

This, he is saying. This is what I mean to do.
Or perhaps, what I need to do.
Or, this is all I can do.
Here, I believe, the analogy ends
in a welter of moral judgments.

Afterward, I expect, he remembers nothing.
In the same way, I cannot say exactly
how these paintings came into being, though in the end
there were many of them, difficult to ship home.

When I returned, Harry was with me.
He is, I believe, a gentle boy
with a taste for domesticity.
In fact, he has taught himself to cook
despite the pressures of his academic schedule.

We suit each other. Often he sings as he goes about his work.

(il deviendrait bientôt mon compagnon de vie).
Je vois, disait-elle, le visage d'un enfant.

Elle voulait dire, je crois, que des sentiments émanaient de la
surface,
des sentiments d'impuissance et de désespoir –

À l'extérieur, la neige tombait.
Je sentais que j'avais été admis dans sa tranquillité.
Et en même temps, chaque coup de pinceau était une décision,
pas une décision consciente, mais une décision néanmoins,
comme quand, par exemple, l'assassin presse la détente.

Ça, dit-il. C'est ça que je veux faire.
Ou peut-être, ce que j'ai besoin de faire.
Ou, c'est tout ce que je peux faire.
Là, je crois, l'analogie prend fin
dans un fatras de jugements moraux.

Après quoi, je suppose, il ne se rappelle rien.
De la même manière, je ne peux pas dire exactement
comment ces tableaux vinrent à exister, même si à la fin
il y en avait beaucoup, qu'il était difficile de renvoyer à la maison.

Quand je revins, Harry était avec moi.
C'est, je crois, un gentil garçon
qui a le goût de la vie domestique.
De fait, il a appris tout seul à cuisiner
malgré les pressions de son emploi du temps universitaire.

Nous nous convenons l'un à l'autre. Souvent il chante en se
mettant au travail.

So my mother sang (or, more likely, so my aunt reported).
I request, often, some particular song to which I am
attached,
and he goes about learning it. He is, as I say,
an obliging boy. The hills are alive, he sings,
over and over. And sometimes, in my darker moods,
the Jacques Brel which has haunted me.

The little cat is dead, meaning, I suppose,
one's last hope.

The cat is dead, Harry sings,
he will be pointless without his body.
In Harry's voice, it is deeply soothing.

Sometimes his voice shakes, as with great emotion,
and then for a while the hills are alive overwhelms
the cat is dead.

But we do not, in the main, need to choose between them.

Still, the darker songs inspire him; each verse acquires
variations.

The cat is dead: who will press, now,
his heart over my heart to warm me?

The end of hope, I think it means,
and yet in Harry's voice it seems a great door is swinging
open—

The snow-covered cat disappears in the high branches;
O what will I see when I follow?

Ma mère chantait ainsi (ou, plus exactement, c'est ainsi que ma
tante nous l'a rapporté).
Je demande, souvent, une chanson précise à laquelle je suis attaché,
et il se met à l'apprendre. C'est, comme je le dis,
un garçon prévenant. Collines que j'aime, chante-t-il,
encore et encore. Et parfois, dans mes moments sombres,
le Jacques Brel qui m'a hanté.

Le petit chat est mort, signifiant, je suppose,
le dernier espoir de quelqu'un.

Le chat est mort, chante Harry,
il n'aura plus d'intérêt sans son corps.
Avec la voix de Harry, c'est profondément réconfortant.

Parfois sa voix tremble, comme dans une grande émotion,
et alors pour un temps collines que j'aime prend le pas
sur le chat est mort.

Mais nous n'avons pas, dans l'ensemble, besoin de choisir entre elles.

Quoi qu'il en soit, ce sont les chansons les plus sombres qui
l'inspirent ; chaque couplet subit des variations.

Le chat est mort : qui serrera, maintenant,
son cœur contre le mien pour me réchauffer ?

Je pense que ça signifie la fin de l'espoir,
et pourtant avec la voix de Harry on dirait qu'une grande porte
s'ouvre à deux battants –

Le chat couvert de neige disparaît dans les hautes branches ;
Ô que verrai-je quand je le suivrai ?

THE HORSE AND RIDER

Once there was a horse, and on the horse there was a rider. How handsome they looked in the autumn sunlight, approaching a strange city! People thronged the streets or called from the high windows. Old women sat among flowerpots. But when you looked about for another horse or another rider, you looked in vain. My friend, said the animal, why not abandon me? Alone, you can find your way here. But to abandon you, said the other, would be to leave a part of myself behind, and how can I do that when I do not know which part you are?

LE CHEVAL ET LE CAVALIER

Il était une fois un cheval, et sur le cheval il y avait un cavalier. Comme ils paraissaient beaux dans le soleil d'automne, arrivant dans une ville étrange ! Les gens se pressaient dans les rues ou appelaient depuis les hautes fenêtres. De vieilles femmes étaient assises au milieu de pots de fleurs. Mais quand vous cherchiez alentour un autre cheval ou un autre cavalier, vous cherchiez en vain. Mon ami, dit l'animal, pourquoi ne pas m'abandonner ? Seul, tu pourras trouver ton chemin ici. Mais t'abandonner, dit l'autre, serait laisser une partie de moi-même en arrière, et comment puis-je faire cela quand je ne sais pas quelle partie tu es ?

A WORK OF FICTION

As I turned over the last page, after many nights, a wave of sorrow enveloped me. Where had they all gone, these people who had seemed so real? To distract myself, I walked out into the night; instinctively, I lit a cigarette. In the dark, the cigarette glowed, like a fire lit by a survivor. But who would see this light, this small dot among the infinite stars? I stood awhile in the dark, the cigarette glowing and growing small, each breath patiently destroying me. How small it was, how brief. Brief, brief, but inside me now, which the stars could never be.

UNE ŒUVRE DE FICTION

Comme je tournais la dernière page, après de nombreuses nuits, une vague de chagrin m'enveloppa. Où étaient-ils tous partis, ces gens qui avaient semblé si réels ? Pour me distraire, je sortis marcher dans la nuit ; instinctivement, j'allumai une cigarette. Dans le noir, la cigarette brillait, comme un feu allumé par un survivant. Mais qui verrait cette lumière, ce petit point au milieu des étoiles innombrables ? Je restai un moment dans le noir, la cigarette brillant et rétrécissant, chaque bouffée me détruisant patiemment. Comme elle était petite, comme elle était courte. Courte, courte, mais à l'intérieur de moi maintenant, ce qui ne serait jamais le cas des étoiles.

THE STORY OF A DAY

1.

I was awakened this morning as usual
by the narrow bars of light coming through the blinds
so that my first thought was that the nature of light
was incompleteness—

I pictured the light as it existed before the blinds stopped
it—
how thwarted it must be, like a mind
dulled by too many drugs.

2.

I soon found myself
at my narrow table; to my right,
the remains of a small meal.

Language was filling my head, wild exhilaration
alternated with profound despair—

But if the essence of time is change,
how can anything become nothing?
This was the question I asked myself.

3.

Long into the night I sat brooding at my table
until my head was so heavy and empty
I was compelled to lie down.
But I did not lie down. Instead, I rested my head on my
arms

L'HISTOIRE D'UN JOUR

1.

Je fus réveillée ce matin comme d'habitude
par les étroites barres de lumière qui passaient à travers les stores
de telle façon que ma première pensée fut que la nature de la lumière
était l'incomplétude –

J'imaginai la lumière telle qu'elle existait avant que les stores
 l'arrêtent –
comme elle devait être contrariée, comme un esprit
ralenti par trop de drogues.

2.

Je me trouvai bientôt
à ma table étroite ; à ma droite,
les restes d'un léger repas.

Le langage me remplissait la tête, une exaltation déchaînée
alternait avec un profond désespoir –

Mais si l'essence du temps est le changement,
comment quelque chose peut-il devenir rien ?
C'était la question que je me posais.

3.

Tard dans la nuit je restai assise à ruminer à ma table
jusqu'à ce que ma tête fût si lourde et vide
que je fusse obligée de m'étendre.
Mais je ne m'étendis pas. Au lieu de cela, je fis reposer ma tête sur
 mes bras

which I had crossed in front of me on the bare wood.
Like a fledgling in a nest, my head
lay on my arms.

It was the dry season.
I heard the clock tolling, three, then four—

I began at this point to pace the room
and shortly afterward the streets outside
whose turns and windings were familiar to me
from nights like this. Around and around I walked,
instinctively imitating the hands of the clock.
My shoes, when I looked down, were covered with dust.

By now the moon and stars had faded.
But the clock was still glowing in the church tower—

4.

Thus I returned home.
I stood a long time
on the stoop where the stairs ended,
refusing to unlock the door.

The sun was rising.
The air had become heavy,
not because it had greater substance
but because there was nothing left to breathe.

I closed my eyes.
I was torn between a structure of oppositions
and a narrative structure—

que j'avais croisés devant moi sur le bois nu.
Comme un oisillon dans un nid, ma tête
reposait sur mes bras.

C'était la saison sèche.
J'entendis l'horloge sonner, trois, puis quatre –

Je commençai alors à arpenter la pièce
et peu après à l'extérieur les rues
dont les tours et détours m'étaient familiers
du fait de nuits comme celle-ci. Je marchai en rond encore et encore
imitant instinctivement les aiguilles de l'horloge.
Mes chaussures, quand je baissai les yeux, étaient couvertes de poussière.

Maintenant la lune et les étoiles avaient disparu.
Mais l'horloge luisait toujours dans la tour de l'église –

4.

Alors je rentrai à la maison.
Je me tins un long moment
sur le perron où les escaliers s'arrêtaient,
refusant d'ouvrir la porte.

Le soleil se levait.
L'air était devenu lourd,
pas parce qu'il avait plus de substance
mais parce qu'il n'y avait plus rien à respirer.

Je fermai les yeux.
J'étais écartelée entre une structure d'oppositions
et une structure narrative –

5.

The room was as I left it.
There was the bed in the corner.
There was the table under the window.

There was the light battering itself against the window
until I raised the blinds
at which point it was redistributed
as flickering among the shade trees.

5.

La pièce était dans l'état où je l'avais laissée.
Il y avait le lit dans le coin.
Il y avait la table sous la fenêtre.

Il y avait la lumière qui battait contre la fenêtre
jusqu'à ce que je lève les stores
et alors elle fut redistribuée
en un vacillement parmi les arbres d'ombre.

A SUMMER GARDEN

1.

Several weeks ago I discovered a photograph of my mother
sitting in the sun, her face flushed as with achievement or triumph.
The sun was shining. The dogs
were sleeping at her feet where time was also sleeping,
calm and unmoving as in all photographs.

I wiped the dust from my mother's face.
Indeed, dust covered everything; it seemed to me the persistent
haze of nostalgia that protects all relics of childhood.
In the background, an assortment of park furniture, trees,
 and shrubbery.

The sun moved lower in the sky, the shadows lengthened
 and darkened.
The more dust I removed, the more these shadows grew.
Summer arrived. The children
leaned over the rose border, their shadows
merging with the shadows of the roses.

A word came into my head, referring
to this shifting and changing, these erasures
that were now obvious—

it appeared, and as quickly vanished.
Was it blindness or darkness, peril, confusion?

Summer arrived, then autumn. The leaves turning,
the children bright spots in a mash of bronze and sienna.

UN JARDIN D'ÉTÉ

1.

Il y a quelques semaines je découvris une photographie de ma mère
assise au soleil, le visage rougi comme de réussite ou de triomphe.
Le soleil brillait. Les chiens
étaient endormis à ses pieds où le temps était lui aussi endormi,
calme et immobile comme sur toutes les photographies.

J'enlevai la poussière du visage de ma mère.
En effet, la poussière recouvrait tout ; elle me semblait être le voile
tenace de la nostalgie qui protège toutes les reliques de l'enfance.
À l'arrière-plan, un assortiment de mobilier de jardin, d'arbres et
de massifs.

Le soleil descendit dans le ciel, les ombres s'allongèrent et
s'obscurcirent.
Plus je retirais de poussière, plus ces ombres grandissaient.
L'été arriva. Les enfants
se penchaient au-dessus de la bordure de roses, leurs ombres
se mêlant aux ombres des roses.

Un mot m'arriva dans la tête, qui renvoyait
à ces déplacements et changements, ces effaçures
qui étaient maintenant évidentes –

il apparut, et tout aussitôt disparut.
Était-ce aveuglement ou obscurité, péril, confusion ?

L'été arriva, puis l'automne. Les feuilles qui changent de couleur,
les enfants comme des points lumineux dans une bouillie de bronze
et de terre de Sienne.

2.

When I had recovered somewhat from these events,
I replaced the photograph as I had found it
between the pages of an ancient paperback,
many parts of which had been
annotated in the margins, sometimes in words but more
  often
in spirited questions and exclamations
meaning "I agree" or "I'm unsure, puzzled"—

The ink was faded. Here and there I couldn't tell
what thoughts occurred to the reader
but through the blotches I could sense
urgency, as though tears had fallen.

I held the book awhile.
It was *Death in Venice* (in translation);
I had noted the page in case, as Freud believed,
nothing is an accident.

Thus the little photograph
was buried again, as the past is buried in the future.
In the margin there were two words,
linked by an arrow: "sterility" and, down the page, "oblivion"—

"And it seemed to him the pale and lovely
Summoner out there smiled at him and beckoned..."

2.

Quand je fus plus ou moins remise de ces événements,
je replaçai la photographie comme je l'avais trouvée
entre les pages d'un ancien livre broché,
dont de nombreux endroits avaient été
annotés dans les marges, parfois par quelques mots mais plus souvent
sous forme d'interrogations ou d'exclamations enflammées
qui voulaient dire « Je suis d'accord » ou « Je ne suis pas sûre, je
  m'interroge » –

L'encre s'était effacée. Ici et là je ne pouvais pas savoir
quelles idées étaient venues au lecteur
mais à travers les taches je pouvais sentir
l'urgence, comme si des larmes étaient tombées.

Je tins le livre pendant un moment.
C'était *La Mort à Venise* (en traduction) ;
J'avais noté la page au cas où, comme le pensait Freud,
rien ne serait dû au hasard.

C'est ainsi que la petite photographie
fut enterrée à nouveau, comme le passé est enterré dans le futur.
Dans la marge il y avait deux mots,
reliés par une flèche : « stérilité » et, en bas de la page, « oubli » –

« Et il lui semblait que le pâle et charmant
Psychagogue lui souriait là-bas et lui faisait signe… »

3.

How quiet the garden is;
no breeze ruffles the Cornelian cherry.
Summer has come.

How quiet it is
now that life has triumphed. The rough

pillars of the sycamores
support the immobile
shelves of the foliage,

the lawn beneath
lush, iridescent—

And in the middle of the sky,
the immodest god.

Things are, he says. They are, they do not change;
response does not change.

How hushed it is, the stage
as well as the audience; it seems
breathing is an intrusion.

He must be very close,
the grass is shadowless.

How quiet it is, how silent,
like an afternoon in Pompeii.

3.

Comme le jardin est calme ;
aucune brise n'agite le cornouiller sauvage.
L'été est arrivé.

Comme c'est calme
maintenant que la vie a triomphé. Les rudes

piliers des sycomores
soutiennent les immobiles
étagères du feuillage,

en dessous la pelouse
luxuriante, iridescente –

Et au milieu du ciel,
le dieu arrogant.

Les choses sont, dit-il. Elles sont, elles ne changent pas ;
la réponse ne change pas.

Comme elle est calme, la scène
et le public aussi ; on dirait
que respirer est une intrusion.

Il doit être très proche,
l'herbe n'a pas d'ombre.

Comme c'est calme, comme c'est silencieux,
comme un après-midi à Pompéi.

4.

Mother died last night,
Mother who never dies.

Winter was in the air,
many months away
but in the air nevertheless.

It was the tenth of May.
Hyacinth and apple blossom
bloomed in the back garden.

We could hear
Maria singing songs from Czechoslovakia—

How alone I am—
songs of that kind.

How alone I am,
no mother, no father—
my brain seems so empty without them.

Aromas drifted out of the earth;
the dishes were in the sink,
rinsed but not stacked.

Under the full moon
Maria was folding the washing;
the stiff sheets became
dry white rectangles of moonlight.

4.
Maman est morte cette nuit,
Maman qui ne meurt jamais.

L'hiver était dans l'air,
à de nombreux mois de là
mais dans l'air néanmoins.

C'était le dix mai.
Les fleurs d'hyacinthes et de pommiers
s'épanouissaient dans le jardin de derrière.

Nous entendions
Maria qui chantait des chansons de Tchécoslovaquie –

Comme je suis seule –
des chansons de ce genre.

Comme je suis seule,
sans mère, sans père –
ma tête semble si vide sans eux.

Des odeurs s'exhalaient de la terre ;
les plats étaient dans l'évier,
rincés mais pas empilés.

Sous la pleine lune
Maria pliait le linge ;
les draps raides devenaient
des rectangles blancs et secs de clair de lune.

How alone I am, but in music
my desolation is my rejoicing.

It was the tenth of May
as it had been the ninth, the eighth.

Mother slept in her bed,
her arms outstretched, her head
balanced between them.

Comme je suis seule, mais dans la musique
mon désespoir est ma joie.

C'était le dix mai
et ça avait été le neuf, le huit.

Maman dormait dans son lit,
les bras écartés, la tête
posée entre ses bras.

5.

Beatrice took the children to the park in Cedarhurst.
The sun was shining. Airplanes
passed back and forth overhead, peaceful because the war
was over.

It was the world of her imagination:
true and false were of no importance.

Freshly polished and glittering—
that was the world. Dust
had not yet erupted on the surface of things.

The planes passed back and forth, bound
for Rome and Paris—you couldn't get there
unless you flew over the park. Everything
must pass through, nothing can stop—

The children held hands, leaning
to smell the roses.
They were five and seven.

Infinite, infinite—that
was her perception of time.

She sat on a bench, somewhat hidden by oak trees.
Far away, fear approached and departed;
from the train station came the sound it made.
The sky was pink and orange, older because the day was
over.

There was no wind. The summer day
cast oak-shaped shadows on the green grass.

5.

Béatrice emmena les enfants au parc de Cedarhurst.
Le soleil brillait. Les avions
allaient et venaient au-dessus de sa tête, en paix parce que la
guerre était finie.

C'était le monde de son imagination :
le vrai et le faux n'avaient aucune importance.

Lustré de frais et scintillant –
tel était le monde. La poussière
n'avait pas encore bourgeonné à la surface des choses.

Les avions allaient et venaient, en direction
de Rome et Paris – on ne pouvait pas se rendre là-bas
sans voler au-dessus du parc. Tout
doit traverser, rien ne peut s'arrêter –

Les enfants se tenaient la main, se penchant
pour sentir les roses.
Ils avaient cinq et sept ans.

Infini, infini – c'était là
sa perception du temps.

Elle était assise sur un banc, un peu cachée par des chênes.
Loin de là, la peur approchait et s'en allait ;
le bruit qu'elle faisait arrivait de la gare.
Le ciel était rose et orange, il était plus vieux parce que c'était
la fin du jour.

Il n'y avait pas de vent. Le soleil d'été
projetait des ombres à forme de chêne sur l'herbe verte.

THE COUPLE IN THE PARK

A man walks alone in the park and beside him a woman walks, also alone. How does one know? It is as though a line exists between them, like a line on a playing field. And yet, in a photograph they might appear a married couple, weary of each other and of the many winters they have endured together. At another time, they might be strangers about to meet by accident. She drops her book; stooping to pick it up, she touches, by accident, his hand and her heart springs open like a child's music box. And out of the box comes a little ballerina made of wood. I have created this, the man thinks; though she can only whirl in place, still she is a dancer of some kind, not simply a block of wood. This must explain the puzzling music coming from the trees.

LE COUPLE DANS LE PARC

Un homme marche seul dans le parc et à côté de lui une femme marche, seule aussi. Comment savoir ? C'est comme s'il y avait une ligne entre eux, comme une ligne sur un terrain de jeu. Et pourtant, sur une photographie ils pourraient sembler mari et femme, fatigués l'un de l'autre et des nombreux hivers qu'ils ont endurés ensemble. À un autre moment, ils pourraient être des étrangers sur le point de se rencontrer par accident. Elle laisse tomber son livre ; se penchant pour le ramasser, elle touche, par accident, sa main et son cœur s'ouvre d'un coup comme une boîte à musique d'enfant. Et de la boîte sort une petite ballerine de bois. J'ai créé cela, pense l'homme ; bien qu'elle ne puisse que tourner sur elle-même, elle est quand même une sorte de danseuse, pas un simple bloc de bois. Cela explique sans doute la musique déconcertante qui descend des arbres.

Composition : Nord Compo
Achevé d'imprimer
par Normandie Roto Impression s.a.s.,
le 2 mars 2021.
Dépôt légal : mars 2021.
Numéro d'imprimeur : 2100410

ISBN : 978-2-07-293982-2 / Imprimé en France.

378757